KiWi
1846

Das Buch

Die 70er-Jahre. Eine Vorstadt. Das Westdeutschland der letzten Baulücken, der verstockten Altnazis, der gepflegten Gärten. Die Kriegsgräuel sind beiseitegeschoben, zum Essen geht es in den Balkan Grill, die Einbauküche daheim überzeugt durch optimale Raumnutzung. Für den 10-jährigen Jungen aber ist es eine Welt der Magie, der geheimen Kräfte, des Kampfs des Bösen gegen das Gute. Der Leitstern des Jungen in diesem Kampf ist die große Schwester – das Kind Nr. 1 der Familie. Sie ist herzkrank und sehr lebenshungrig. Mit trockenem Humor und großer Aufsässigkeit stemmt sie sich gegen alle Bedrohungen, nicht zuletzt mithilfe der vergötterten Band Pink Floyd aus dem fernen London, den Kämpfern gegen das Establishment, deren Songs alles zum Glänzen bringen.

Der Autor

Alexander Gorkow, geboren 1966, arbeitet seit 1993 bei der Süddeutschen Zeitung. Buchveröffentlichungen: »Kalbs Schweigen« (2003), »Mona« (2007), »Draußen scheint die Sonne. Interviews« (2008), »Hotel Laguna« (2017). Als Herausgeber: Till Lindemanns »In stillen Nächten« (2013) und »100 Gedichte« (2020).

Alexander Gorkow

Die Kinder hören Pink Floyd

Roman

Kiepenheuer & Witsch

Für Marek Lieberberg

One of these days I am going
to cut you into little pieces

PF, 1971

Manuela

In der Grundschule an der Witzfeldstraße steht das Fräulein Lehrerin im Gang neben dem Casala-Tisch, ich bemerke es nur vage, es steht am Rande der Welt, denn ich schaue nicht hin, sondern durch das Fenster zum Himmel und erwarte dort oben das Erscheinen der Pyramide. Es ist eine Frage großer Konzentration. Wenn ich mich bemühe, werde ich die Pyramide am Himmel sehen, und dies bedeutet: Es besteht Kontakt zu Pink Floyd. Am Casala-Tisch neben mir sitzt Hubertus Irenäus Wendtland. »Hubi« Wendtland war aus der Sonderschule zu uns gestoßen, seine Mutter hatte ihn in die Klasse gebracht, sie hatte Hubi abgeliefert. Es gehe nun darum, erklärte das Fräulein Lehrerin damals, dass Hubi und wir uns mischen.

Hubi Wendtland Gangseite, Fensterseite ich.

Das Fräulein Lehrerin steht im Gang neben Hubi, der die Hände vor das Gesicht hält, weil es jetzt spannend werden könnte.

An jedem Morgen in der Schule kriecht Müdigkeit aus schwerem Eisen heran, gleich nach dem ersten Gong, wenn der Chor der kleinen Stimmen hell jammert: »Guten Morgen, Fräulein Lehrerin.« Reißen an den Kiefern, Gähnen, brennende Augen, stehende Zeit in schwerer Luft. Es ist mir nicht gestattet, wie dem Vater, daheim eine Weile auszuruhen und dann gestärkt wieder zu erscheinen (Zorn über diese Ungerechtigkeit, eine Unruhe, die für Sekunden durch das Kind flattert und es von innen kitzelt). Seitlich hänge ich vom Stuhl herab, ich sehe unter der Tischplatte, knapp unterhalb des Häkchens für den Turnbeutel, die dreieckige schwarze Plakette der Lauenauer Schulmöbelfabrik Casala.

Jetzt, an diesem Tag, sitze ich aufrecht und schaue aus dem Fenster, ich schaue über die Blumenhandlung Schmill hinweg, und dann geht der Blick hoch. Hier verharre ich zwischen den Wolken, denn nur wer gründlich schaut und wirklich verharrt, der sieht. Ich weiß, dass sich am Himmel die Pyramide, das weiße Licht und die Regenbogenfarben materialisieren könnten. Nur durch erhebliche Konzentration entsteht in der Atmosphäre die wichtige Vibration, sie führt zur Kontaktaufnahme mit Pink Floyd in London, den vier ernsten Männern, die alles verstanden haben.

Man war zu Beginn des Schuljahres gebeten worden, sich einander zuzuteilen, indem sich jedes Kind ein anderes Kind sucht, das entsprechende Kind sichert, indem man sich mit ihm an der Hand vor die Treppe in den ersten Stock stellt. Wichtiger als alles andere sind Ordnung, Zuteilung und Ruhe. Der Direktor, ein großer, alter Mann in einem dunkelgrünen Anzug, hatte am ersten Schultag über den Hof gerufen: »Schule ist Ordnung!« Das war sehr beeindruckend gewesen. Vier erste Klassen standen damals in Blöcken auf dem Schulhof, wir linsten gegen die Sonne den Direktor an, der unter einer Kastanie am Rande des Schulhofs Schatten gefunden hatte. Dreimal hintereinander gab er die Losung für die kommenden Jahre vor: »Schule ist Ordnung!« Er hob den Kopf und schaute in die Luft, als ob er der Bahn eines Vogels folgte. Dann musterte er wieder die Kinder, er musterte mich,

ich war sicher. In Wellen verteilte sich vom Bauchnabel weg die Information, zu verharren, bis alles vorüber war und der Blick des gewaltigen grünen Mannes ein anderes Kind gefunden hatte. Atme.

Die ersten Jahre war ich an der Hand von Claudette in die Klasse gegangen. Claudette war mir verlässlich erschienen und schön. Mit ihr war alles immer gleichmäßig gewesen, ohne Anfang und Ende, man konnte in Ruhe atmen. Sie lächelte oft, als ob sie etwas wüsste, als hätte sie eine Botschaft erhalten, über die sie noch nicht reden durfte. Dieses Geheimwissen versetzte sie in einen Zustand der Ruhe und Fürsorge, während andere aus dem Dorf unvermittelt zuschlugen. Claudette erschien als Abbild der Mädchen aus den Büchern, aus denen der Vater abends vorlas. Es waren patente Zauberwesen, die aber in diesen Geschichten vergiftet, verbrannt oder vom Wolf gefressen wurden. Meine Aufgabe war es, für Claudette zu sorgen und sie vor den Monstern zu beschützen, während in Wahrheit vor allem sie für mich sorgte. Claudette erinnerte mich daran, zu atmen. Wer nicht atmet, fällt um.

Wenn man sein Rad in die kleine, quadratische Werkstatt zu Herrn le Bron am Deutschen Eck brachte und sagte »Guten Tag, Herr le Bron, mein Schutzblech …«, schrie Herr le Bron von drinnen schon los. Herr le Bron war immer ein Anlass, um die Luft anzuhalten. Sah ich ihn, hörte ich auf zu atmen. Das Rad habe draußen zu bleiben, schrie Herr le Bron aus der Werkstatt raus, kein Platz. Was man sich erlaube, das Rad reinzuschieben, raus mit dem Rad. Dann kam Herr le Bron die rote Steintreppe runter und trat draußen auf der Straße gegen das halb lose Schutzblech. Wichtig war, so lange gegen das Schutzblech zu treten, bis es abfiel. Alle Büdericher, die am Deutschen Eck einkauften, und auch die, die nur dort herumstanden, weil der Tag so lang war und noch nichts im Fernsehen kam, sie schauten, damit sie nichts verpassen. Was war denn da wieder los bei le Bron vor der Werkstatt, mal sehen.

Herr le Bron schrie, wie das Qualitätsrad aussehe, wie verdreckt das Qualitätsrad sei. Was die Eltern wohl zum Zustand des Qualitätsrads zu sagen hätten, war das Rad nicht erst wenige Jahre alt, die Eltern seien wohl reich? Richard le Bron, der Junge aus der Parallelklasse mit dem harten Kopf und den stumpfen Händen, kam kurz nach seinem Vater aus der Werkstatt gelaufen, die durch einen schmalen gelb gekachelten Flur mit der Küche verbunden war. Richard trat jetzt auch gegen das Rad. Er rief: »Wie hängt das Licht denn da? Das fällt auch bald ab.« Herr le Bron verschwand in der Werkstatt, er trampelte durch die gelben Kacheln in die Küche zurück, er kam wieder mit einem Diebels und dem Auftragsbuch (die öligen, präzisen Fingerabdrucke im fettigen Auftragsbuch), während Richard draußen weiter gegen das Rad trat, bis endlich auch das Licht hinüber war und an einem Kabel von der Lenkstange hing. Schade um das Qualitätsrad, das Licht müsse sein Vater jetzt auch noch machen.

Zu Beginn des neuen Schuljahres hatte das Fräulein Lehrerin verfügt, dass sich alle Kinder neu mischen. Einige Kinder hatten geweint, andere geschrien, ich verstand nicht, was das heißen soll, sich neu mischen, nachdem wir schon Hubi mit reingemischt hatten. Ich ergriff Claudettes Hand und hielt die Luft an. »Atmen«, flüsterte Claudette, »oder ich sag es deiner Mutter.« Sie löste sich aus meiner Hand, ging rüber zum Fräulein Lehrerin, besprach freundlich die Lage, das Fräulein Lehrerin schüttelte den Kopf, Claudette kehrte zurück.

»Nichts zu machen. Du gehst dieses Jahr mit Hubi.«

Hubi Wendtland und ich peilten uns ruhig in der Menge an, die sich in einer schnellen Auslese aus gespannten Körpern, geballten Fäusten, greifenden Händen sortierte. So standen wir schließlich an der Treppe, er schaute mich erst an und lachte dann, und seine Hand grabbelte unten nach meiner Hand. Ich hatte nicht damit gerechnet, dass er mir eine reinhaut, Hubi hatte überhaupt noch nie wem etwas angetan. Wenn wiederum er geschlagen wurde oder die Kopfnuss bekam oder die Brennnessel am Arm oder eben alles zugleich, ging er in die Hocke, rollte sich ein und wartete, bis alles vorüber war. Mal hatte Hubi derweil geweint, mal nicht, mal hatte er etwas gerufen von unten in seiner Sprache.

»Bitte findet ein Ende!« Oder: »Vermaledeit!«

Richard le Bron war wegen Hubis Sprache immer noch wütender auf ihn geworden. Alle anderen Kinder hatten einen Kreis gebildet, in der Mitte unten der eingerollte Hubi, oben der Schläger, meistens also Richard le Bron, das Parallelklassen-Inferno, gemeinsam mit »Panzerfrank« (Frank Schmellerkamp), Panzerfrank war Richards Hintersasse. Oder Richard verteilte die Kopfnüsse, und Panzerfrank rief zugleich »Hier kommt der Brennnesselmann!«, und so verdrehte Panzerfrank die Haut auf Hubis Armen, die er zum Schutz um seinen Kopf geschlungen hatte, und Hubi rief unten wie aus einer Höhle: »Haltet ein!« Mischte sich wer ein, brüllte Richard: »Wenn du petzt, sperrt mein Vater dich in die Werkstatt!« Panzerfrank rief »Genau!«, Panzerfranks Vater war ein hohes Tier bei Rheinmetall.

Es war immer richtig, Richard le Bron und Panzerfrank aus dem Weg zu gehen.

Hubi war, wie man sagte, ein Mongo. Er war *ein armer Junge*, also kannst du nie wissen, was er noch ausheckt neben seiner komischen Sprache, die sich immer wieder aus Worten zusammensetzte, die wir noch nie gehört hatten, und wenn, dann von unseren Eltern, wie »Obacht« oder »in Anbetracht«.

Hubi war in der Mitte des zweiten Schuljahrs in die Klasse gekommen, draußen hatte Schnee gelegen, auf dem Tisch des Fräulein Lehrerin stand ein Adventskranz mit vier Kerzen, von denen zwei brannten, und es gab einen Pappteller mit Keksen. Die Welt war nicht hell, wie im Sommer. Es war kalt und feucht, in der Klasse bollerte die miese Heizung, ständig brannten die verdammten Kerzen und nadelten die Kränze. Auf dem Boden taute der hereingetragene Schnee zu Seen, aus den Nasen lief der Rotz, all das Keuchen und Husten, die kleinen, nassen Handschuhe, und Kinder, die lieb gewesen waren, durften sich beim Gong einen Keks aussuchen und ihn mit in die Pause nehmen.

Hubi war an einem dieser Tage von seiner freundlichen und weinenden Mutter, Frau Wendtland, an der Tür abgegeben worden wie eine Lieferung. Frau Wendtland sah vollkommen anders aus als Hubi, als wäre entweder sie oder Hubi von einem anderen Stern, ich schaute abwechselnd auf Frau Wendtland und auf Hubi. Er stand in der Tür und wurde von uns betrachtet, mal stellte er den rechten Fuß nach vorne, mal den linken. Er sah nicht aus wie ein Japaner, aber so, als wäre ein Japaner in Hubi reingeraten. Frau Wendtland hingegen sah aus wie die anderen Frauen im Dorf. Wie Japaner aussehen, wusste ich, denn viele von ihnen wohnten in unseren Straßen, die Kinder der Japaner gingen in Düsseldorf zur Schule. Hubi lächelte in die Klasse, rechter Fuß vor, linker Fuß vor, Frau Wendtland umarmte Hubi von hinten und kreuzte die Hände vor Hubis Brust. Dann schluchzte sie. Still schauten wir auf Frau Wendtland.

Das Fräulein Lehrerin verabschiedete Frau Wendtland, man hörte Hubis Mutter noch einmal hinter der schon verschlossenen Tür des Klassenzimmers aufheulen, aber als das Fräulein Lehrerin die Tür zur Kontrolle noch mal öffnete, um nachzusehen, war Frau Wendtland weg.

»Nicht mehr da«, sagte das Fräulein Lehrerin und schloss die Tür. Sie lächelte Hubi an, rieb sich die Hände, und Hubi sagte: »Somit bin ich also auf mich allein gestellt.« Hubi ging mit großen Schritten in die letzte Reihe zur gestörten Ingeborg Wermelsdonk, die dort bisher alleine gesessen hatte. Alle redeten umher und zappelten und schauten Hubertus Irenäus Wendtland an. Das Fräulein Lehrerin sagte, Hubertus sei ein Kind wie jedes andere.

Hubi umarmte dann Ingeborg und küsste sie, und Ingeborg schlug um sich. Das Fräulein Lehrerin musste die Sache entschärfen und eilte zurück an die Tafel. Schon zeigte Hubi auf, er rief, dass er von nun an am Ende eines jeden Schultages dafür Sorge tragen werde, dass alle Stühle auf den Tischen stehen, sodass die Putzfrau unten schön bohnern könne.

»Hubert, danke, aber jedes Kind stellt bei uns seinen Stuhl nach dem letzten Gong in Eigenverantwortung auf den Tisch.«

»Ich stelle alle Stühle hoch, damit die Putzfrau unten schön bohnern kann, Fräulein Lehrerin. *Ich werde dafür Sorge tragen.*«

»Hubert, danke, aber jedes Kind stellt bei uns seinen Stuhl nach dem letzten Gong in Eigenverantwortung auf den Tisch.«

»Ich stelle alle Stühle hoch, damit die Putzfrau unten schön bohnern kann, Fräulein Lehrerin. Ich werde dafür Sorge tragen«, rief wieder Hubi.

»Hubertus!«, rief das Fräulein Lehrerin.

Hubi Wendtland ließ sich vom Stuhl fallen, er schlug mit der Faust auf den Boden und rief: »Jetzt schlägt es 13!« Es sei genug, er halte es schon jetzt nicht mehr aus, wo die Mutter sei, er wolle heim.

Jeden Mittag durfte Hubi Wendtland nun warten, bis die Kinder den Raum verlassen hatten. Das Fräulein Lehrerin lächelte und sagte: »Also, Hubert, los.« Wenn alle Kinder draußen waren, schauten einige von uns vom Flur aus durch die Tür des Klassenzimmers. »Hubi, bitte!«, sagte das Fräulein Lehrerin. Reihum, beginnend am Pult der Lehrerin, hob Hubi all die Stühle wieder von den Casala-Tischen herunter, stellte sie in jeweils gleichem Abstand vor die Tische auf den Boden. War er fertig mit Runterstellen, machte er eine Pause. Er atmete stark. Dann stellte er alle Stühle, beginnend wieder am Pult der Lehrerin, sorgsam vom Boden zurück auf die Tische. Er prüfte, ob die Stühle oben auf den Tischen mittig standen, damit sie nicht hinunterfallen, wenn die Putzfrau beim Bohnern irgendwo anstößt. Am Ende prüfte Hubi mit einem Rundblick, ob alles seinen Vorstellungen entsprach, er schaute auf die Uhr über der Tür zum Klassenzimmer. Stets rief er dann »Oh, heute bin ich aber spät dran!« und raste los.

Hinten waren zu Beginn des neuen Schuljahres wieder Kinder übrig geblieben, sie wurden vom Fräulein Lehrerin zugeteilt, und das letzte Kind, Ingeborg Wermelsdonk, fand niemanden, wen sollte Ingeborg finden, wenn es 23 Kinder waren, es aber schon elf Paare gab, und deshalb durfte Ingeborg, wie letztes Jahr, von nun an immer nach der Pause mit dem Fräulein Lehrerin die Treppe hoch und dann ab in die Bank in der letzten Reihe.

Vor der ersten Stunde, ebenso am Ende der ersten großen Pause, erwarte ich Hubi seither an der geschwungenen Treppe zum Klassenzimmer im 1. Stock, auf der wir als Zweierreihe vorzurücken haben. Das Fräulein Lehrerin spricht gegenüber den Eltern davon, dass man *einen Mongoloiden mitnehme im Klassenverband*, so wie auch Onur, den Türken. Onur war draußen auf der Rheinwiese auf die Welt gekommen, als die Eltern mit den vier Geschwistern und dazu den Onkels und Tanten Richtung Lörick spazieren gegangen waren, und so rief Onur immer wieder: »Ich bin am Rhein geboren, direkt am Fluss!«

Der Ursprung von Ingeborgs Störung war unklar, aber sie war wirklich heftig. Sagte ich daheim »Die Ingeborg ist plemplem«, sagten die Mutter, der Vater und die Schwester zugleich: »Das sagt man nicht.« Meine Schwester sagte, im Dorf erzähle man sich, dass Ingeborg Wermelsdonk zwar die Tochter ihrer Mutter Annemarie Wermelsdonk sei, nicht aber *das leibliche Kind* ihres Vaters Horst Wermelsdonk von »Heißmangel, Reinigung und Ausbesserung Wermelsdonk«. Vielmehr sei Ingeborg Wermelsdonk das Kind von Frau Wermelsdonk und Frau Wermelsdonks Cousin in der Eifel. Der Vater von Ingeborg sei der Sohn der Schwester von Frau Wermelsdonks Mutter. Der eine Teil der Familie kümmert sich um die Reinigung in Büderich, der andere, also Ingeborgs väterlicher Teil, um die Näh- und Ausbesserungsstube in Prüm in der Eifel. Gibt man in Büderich eine Hose zum Engermachen bei Herrn und Frau Wermelsdonk ab, wird die Hose zunächst in die Eifel gefahren zu Frau Wermelsdonks Cousin, der offenbar der Vater von Ingeborg ist. Nach ihrer Rückkehr aus der Eifel wird die Hose dann in Büderich noch gereinigt. Ingeborgs Mutter, Frau Wermelsdonk, sagt, ihr Cousin in der Eifel »näht wie der Teufel«, auch Leder.

Hubi, der überraschend am Rheinufer geborene Onur und Ingeborg stehen mir nah, neben der vom Fräulein Lehrerin aus meinem Leben sortierten Claudette.

Hier und da holt mich darüber hinaus in einem Rolls Royce in der Farbe Silbermetallic Herr Greulich ab, der Fahrer der Brenners im Villenviertel am Waldrand. Dann besuche ich Leviathan Brenner, Leviathan geht auch in meine Klasse und bleibt unauffällig. Leviathan sagt, es sei für ihn *lebensentscheidend*, dass er sich unauffällig verhalte, seine Mutter habe ihm das eingetrichtert, also hält er sich daran. Die Familie Brenner ist, wie die Schwester sagt, eine Dynastie, was immer das sein mag, ich weiß es nicht, ahne aber die Richtung.

Leviathan lebt in dem großen, ja endlosen Haus am Waldrand alleine mit der Mutter, Frau Brenner, da der Vater ausgezogen ist. Leviathans großer Bruder lebt beim Vater und dessen neuer Frau. Frau Brenner ist groß und hat lange rote Haare, sie trägt einen Morgenmantel aus türkisfarbener Seide, sie ist barfuß, und sie wirft Goldbarren in den Pool, Leviathan taucht dann nach Gold. Das Haus von Frau Brenner ist so groß, dass ich mich, wenn ich vom Pinkeln komme, verlaufe und in einem Flügel des Hauses lande, den ich, wie mir scheint, bis dahin noch nie betreten hatte. Immer wieder stehe ich vor weiten Fluchten und habe die Auswahl zwischen vielen weißen Türen, die einen goldfarbenen Türrahmen haben und auch Klinken aus Gold. Öffne ich eine der Türen, stehe ich zum Beispiel in einem Kino mit runden, tiefen Sitzen, in denen man verschwindet wie in einem Ei.

Ich habe keine Ahnung.

Es gibt, wie ich auf meinen Irrwegen sehe, hinter den weißen Türen immer wieder neue Zimmer, in denen Laken über Möbeln und über flachen, weiten Autos liegen. Es gibt Kartons mit Wein und ein großes Regal, eine ganze Wand entlang, bis unter die Decke vollgestellt mit den roten Campariflaschen von Frau Brenner. In einem Raum stehen in hohen Glasvitrinen silberfarbene Pokale, verbunden durch in der Sonne zitternde Spinnweben, und Leviathan sagt, die habe sein Vater beim Segeln in Amerika und Australien gewonnen, und *auf den Lofoten* habe der Vater beim Segeln das Polarlicht gesehen, ein *Schauspiel aus Licht.* Ich nehme mir vor, daheim die Schwester nach den Lofoten zu fragen.

Ich stehe mit Leviathan unten in einem der beiden Kellergeschosse zwischen den Pokalen und frage, was man auf den Lofoten tun muss, um am Himmel das Schauspiel aus Licht zu sehen, und Leviathan sagt: »Segeln.«

Sind Leviathan und ich beschäftigt und sitzt Herr Greulich draußen zufrieden in seinem Rolls Royce in Silbermetallic und liest die Rheinische Post, so legt Frau Brenner im Wohnzimmer Rod Stewart auf und tanzt. Im Wohnzimmer stehen auf einem Servierwagen ausschließlich Campariflaschen, womöglich 20. Ich kenne Campari von daheim, meine Mutter trinkt ebenfalls Campari, aber bei uns steht immer nur eine Flasche auf der Anrichte im Wohnzimmer, neben den Büchern, dazu der Cognac und der Calvados vom Vater und eine Flasche Whisky, aus der nie getrunken wird. Wenn die Campariflasche fast leer ist, entsteht zwischen den Eltern eine Diskussion darüber, dass die Flasche *sich dem Ende entgegenneigt*, dass besser bald wer neuen Campari besorgt, etwa die Mutter im Supermarkt Otto Mess oder der Vater auf dem Heimweg vom Büro in Heerdt in der Spirituosenhandlung von Herrn Hirn.

Ich denke, wenn ich bei Leviathan zu Besuch bin, dass Frau Brenner besonders schön ist, aber etwas älter als die Jungfrauen aus der »Nacht der reitenden Leichen«.

In die Küche von Frau Brenner *involviert*, wie Frau Brenner sagt, ist ein Gerät, das leere Konservendosen zusammenpresst, sodass sie so klein wie Spielwürfel herauskommen. So etwas können sich nur Menschen leisten, die reich sind. Ich habe bis dahin geglaubt, meine Familie und ich auf der Bonhoefferstraße seien reich, denn wir fliegen in den Urlaub nach Spanien, anders als die anderen auf der Straße, die meisten müssen mit dem Auto nach Jugoslawien oder auf den Campingplatz in die Eifel. Wir gehen auch einmal die Woche in den Balkan Grill und bestellen für vier Personen die Gurman-Platte. Der Vater fährt einen Citroën DS wie die Staatschefs in Frankreich. Ich lerne aber von der Schwester, dass wir nur aus dem Mittelviertel des Dorfes kommen, nicht aus dem Villenviertel. Die Schwester sagt: »Wir sind nicht reich, wir haben nur sehr viel Geld.« Reichtum bedeute nicht, sehr viel Geld zu besitzen, sondern derartig viel Geld, dass das Geld seinen Zustand verändere, es werde flüssig, gasförmig, es sei nicht mehr zählbar, es sei immer da, egal, wie viel man ausgibt, immer sei weiteres Geld da.

Es sei bei Brenners und *den anderen Bonzen* mit dem Geld wie mit dem Sand am Meer.

»Sag, kleiner Mann, habe ich dir gezeigt, was in unsere Küche involviert ist?«, ruft Frau Brenner. Sie stellt den Campari mit den Eiswürfeln ab und klatscht in die Hände. Sie öffnet elektrisch an einem Gerät oben in der Wand zwei Dosen Erbsen, die Dosen drehen sich im Gerät, bis die Deckel sich lösen und am Magneten kleben bleiben, sie schüttet die Erbsen in einen der Kupfertöpfe auf dem Herd und lacht. Sie legt dann die leeren Dosen in den aus der Anrichte gezogenen Behälter neben der Spülmaschine, schiebt den Behälter zurück in die Küchenzeile, schließt die Tür und dreht an einem Schalter. Man hört nun ein Brummen. Die Anrichte mit den leeren Dosen drin vibriert. Es folgt ein knappes Röcheln, als würde jemand erwürgt. »Halt dich fest, Spatz!«, ruft Frau Brenner, sie zieht den Behälter aus der Anrichte, und die Dosen liegen da klein wie Spielwürfel.

»So sparen wir eine Menge Platz!«, singt Frau Brenner. (Wieso müssen die Brenners Platz sparen?) Frau Brenner schaut dann mit einem Mal ratlos, ja traurig in den Kupfertopf. Sie hält uns den Topf hin, in dem die nassen Dosenerbsen liegen, die riechen, als müsste gelüftet werden. »Wollt ihr Erbsen?«, ruft sie. Leviathan und ich schütteln den Kopf. Frau Brenner kippt die Erbsen in den Müll, sie wirft die zwei Würfel aus der Dosenzerkleinerungsmaschine hinterher.

»Geht schwimmen! Ich komme mit dem Gold, wenn ich die Zeit dazu finde!«

Sie geht ab mit der Campariflasche in der Linken, einem Glas, das in der Sonne funkelt, und einem Kübel mit Eiswürfeln in der Rechten, sie öffnet mit dem Ellbogen die Schiebetür zum Wohnzimmer mit dem orangefarbenen Teppich. Wir hören die Stimme von Rod Stewart. Leviathan sagt, als wir die Treppe zum Pool hinabgehen (der Geruch von warmem Chlor): »Meine Mutter ist spitz auf Rod Stewart.«

Neben dem Pool sitzt Frau Brenner in ihrem Morgenmantel, sie trinkt auch hier Campari und raucht, im Sommer auch draußen vor der Scheibe zum Garten. Wenn Leviathan Brenner seine Mutter bittet, *gibt sie sich die Ehre,* wie Leviathan es nennt. Frau Brenner *findet dann die Zeit,* sie geht ab und erscheint wieder, nun mit einem braunen Stoffbeutel vom Bankhaus Brinck & Pfeiffer, darin kleine Goldbarren, auf einigen steht »Brinck & Pfeiffer«, auf anderen »Degussa« oder »Olympische Spiele München 1972«. Frau Brenner geht langsam und aufrecht ans Ende des Pools, wo das Wasser tief ist. Hier steht, an der Kante zum Becken, ein Korbstuhl aus dem Garten mit einem Polster aus Tigerfell. Sie stellt den Campari sorgsam auf den Boden neben das schlürfende Gitter, erhebt sich, wendet sich mit einem nur kleinen Ausfallschritt zum Korbstuhl hin und setzt sich. Sie stellt nun ihre langen, schmalen Füße auf das schlürfende Gitter und wackelt mit den nassen Zehen. Nun endlich nimmt Frau Brenner einen der kleinen Barren aus dem Beutel, beugt sich vorsichtig aus dem Stuhl heraus nach vorne über das Wasser, sie presst die Füße zur Sicherheit feste auf das Gitter, streckt den Arm mit dem Goldbarren aus.

Sie schaut von hier, vom Ende des Pools, aus ihrem Sessel zu uns hinüber, die wir am Anfang stehen, dort, wo das Becken flach ist und eine Treppe ins Wasser führt. Frau Brenner, den Arm mit dem Barren über dem Wasser, ruft: »Schaut mir in die Augen, bitte!«

Sie lässt das Gold ins Wasser gleiten.

Der Punkt fällt überraschend schnell durchs Blau, eine kleine Sonne. »Und: Bitte!«, ruft Frau Brenner. Leviathan muss durch den Pool tauchen, vom flachen ins tiefe Wasser, immer am Boden entlang, sonst gilt es nicht, er muss den Barren finden und sichern. Erwischt er das Gold und bringt es hoch, darf er es behalten. Überall im Zimmer von Leviathan Brenner im zweiten Stock liegen die kleinen Barren herum. Ich tauche auch nach Gold, gebe die Barren aber bei Frau Brenner ab, die lacht und sich freut (»Gut gemacht, Spatz!«). Sie legt meine Barren zurück in den Beutel von Brinck & Pfeiffer, holt sie wieder raus, wirft sie in den Pool, und dann ist Leviathan dran.

Am Ende eines wieder ereignisreichen Nachmittages steige ich bei Herrn Greulich in den nach Leder riechenden Wagen in Silbermetallic, und still fahren Herr Greulich und ich zurück auf die Bonhoefferstraße im Mittelviertel. (Sein Lederetui mit den Pfeifen und Tabaken neben der Rheinischen Post auf dem Beifahrersitz.) Herr Greulich hat die Erlaubnis, im Wagen bei geöffnetem Fenster Pfeife zu rauchen, während er vor dem Haus im Villenviertel oder sonst wo wartet, meistens auf Frau Brenner, auch auf Leviathan, wenn er Nachhilfe hat oder Fechten. Herr Greulich bringt mir bei, nach der Ankunft auf der Bonhoefferstraße so lange sitzen zu bleiben, bis er um den Wagen herumgegangen ist, um hinten rechts meine Wagentür zu öffnen. Er sagt: »Junger Freund, auf Wiedersehen.«

Das Klärwerk Düsseldorf-Nord in Meerbusch-Ilverich schenkt dem Rhein sauberes Wasser, und über dem breit und still vorüberfließenden Fluss fächert sich der Himmel des Niederrheins, an dem sich die Pyramide zeigen kann, ins Unendliche.

Auf dem Gelände des Klärwerks stehen Hubi und ich neben runden oder rechteckigen Becken, in denen graues Wasser mal ruht, dann wieder Blasen wirft, da in den blasenwerfenden Becken Bakterien aktiv sind. Bakterien sind entsetzliche Wesen. Bei Licht betrachtet kennt man sie aus den Monsterfilmen, die am Sonntag in der Kinder-Matinee bei den Horstbroichs im Kino zu sehen sind. Die Bakterien sind zwar kleiner als die Körperfresser, die Rächer, die lebenden Toten und die haushohen Echsen im Kino, aber hier in der Stadtentwässerung Düsseldorf-Nord gibt es dafür mehr von ihnen. Im Kino wähne ich mich in Sicherheit, denn ich habe die Schwester dabei, auf sie kann ich mich verlassen, und ich habe eh keine Angst vor Godzilla, King Kong und auch nicht vor dem Orden der Templer aus der »Nacht der reitenden Leichen«, die aus ihren Gräbern steigen, um Jungfrauen zu schänden.

Im Klärwerk aber habe ich nur Hubi an der Seite, dessen Hand nicht in meiner ruht, er greift beständig mit Kraft zu, und wenn ich sage »nicht so fest« und meine Hand aus seiner ziehe, fliegt Hubis Hand in der Luft umher, bis sie meine Hand erwischt, und wieder greift Hubi zu. Unklar ist mir, wieso man Bakterien planmäßig ins Wasser setzt. Wenn die Bakterien *unseren Schlamm essen*, wie wir hier lernen, was machen sie danach? Sind sie satt? Ich luge durch einen Zaun ins unruhige Bakterien-Becken. Unruhe ist Leben. Mein Vater ist unruhig. Frau Schwerdtfeger von der Dorfstraße hingegen steht manchmal nur irgendwo rum und sagt nichts, sie bewegt sich dann nicht, sie sieht auch nichts, denn sie ist fast blind. Die Schwester sagt, wenn die Frau Schwerdtfeger mit ihren Tüten vom Supermarkt Otto Mess auf der Dorfstraße steht und nichts sagt: »Das ist die Leichenstarre. Sie ist tot.«

Alles ist voller Leben im Klärwerk.

»Es sind gute Bakterien«, sagt Hubi, »es sind gewissermaßen Freunde.«

Man könnte über den Zaun klettern und ins Bakterien-Becken springen. Würde es ein Gemetzel geben wie sonntags bei den Horstbroichs im Kino? Die Bakterien würden mich zersetzen und verarbeiten. Ich würde aufgelöst und wäre weg. Eine Auferstehung nach Art der Templer aus der »Nacht der reitenden Leichen« wäre nicht mehr möglich. Man sähe am Ende der Zersetzung im Bakterienbecken nur meine Augen, losgelöst im Blubberwasser, Murmeln aus einem Kinderkopf, bis auch sie versinken. In Erinnerung bliebe ein Schrei. Dann wäre Stille. Alle wären außer sich vor Entsetzen über diesen traurigen Verlust. Keiner würde den Schrei des *leiblichen Kindes*, das ich war, vergessen, des Kindes, das zuvor in einem würdigen Ritual in das Becken als Opfergabe gelegt worden war. Das Kind wehrte sich nicht, es nahm sein Schicksal in Demut an wie die jungen, neugierigen Frauen, die in der »Nacht der reitenden Leichen« den Templern in die Falle gegangen waren. Der Schrei aus dem Klärwerk wäre in Ewigkeit zu hören den Rhein hinab bis nach Holland. Ich habe den krallenden Hubi an der Hand. Mit der anderen Hand wischt er sich den Rotz von der Nase.

Hubis Nase läuft seit Tagen. Einmal ruft Hubi: »Herr im Himmel, meine Nase!«

Ein großer Mann mit dichtem schwarzem Haar erinnert mich an Elvis Presley (im Fernsehen gab es »Elvis in Las Vegas«, der schwitzende Sänger, seine vielen Handtücher, der weiße Anzug mit dem breiten Gürtel), der Mann steht ähnlich breitbeinig da und hat eine kehlige Stimme, die sich überschlägt, als redete er nicht, sondern als sänge er und als ginge es nicht nur um die Reinigung des Wassers. Der Mann trägt wie Elvis ein Kostüm, aber es ist ein orangefarbener Overall. Er sagt: *Sandfangbecken*, *Tagesausgleichsbecken*,

Mischwasserbecken und *Belebtschlammverfahren*. Er steht am Ende des blubbernden Bakterien-Beckens und ruft: »Noch Fragen, Kinder? Wenn nicht, geht es jetzt zu unseren mächtigen Faultürmen.« Der Höhepunkt. Einige rufen »Hurra«. Andere reden durcheinander. Auf dem Overall des Mannes steht »Stadtentwässerung Landeshauptstadt Düsseldorf« und »Herr Krings«.

Herr Krings, Hände in den Hüften, Füße weit auseinander, sagt, dass das Klärwerk eines der modernsten Klärbetriebe in Deutschland ist. Es ist von 1966.

Ich horche auf und rufe: »Ich auch.« Ich erschrecke und ducke mich weg.

Andere Kinder rufen »Ich auch« und »Ich auch«. (Wir sind fast alle von 1966. Einige sind von 1967. Nur Onur und Ingeborg sind von 1964 und 1965.)

»Bitte?«, ruft gereizt Herr Krings, er wendet sich flink um und zeigt auf mich. Ich halte die Luft an. Ich denke an Elvis, der im Fernsehen auch auf Menschen im Publikum gezeigt und sie dann mit einem seiner vielen Handtücher beworfen hatte.

»Atmen«, sagt Claudette.

»Ich bin auch von Nnn…«

Ich stottere stärker als noch vor Wochen. Vor ein, zwei Monaten ging es los. Mal stottere ich mehr, mal weniger, mal gar nicht. Mal oft. Schlimm sind Wörter, die mit D und mit B beginnen, am schlimmsten: mit P.

Düsseldorf ist nicht gut, *Büderich* ist nicht gut. Ganz schwierig: *Pink Floyd*. Es ist nur vorübergehend, sagt Doktor Raffauf, der Hausarzt.

Die Mutter: »Ich gehe mit dem Jungen auf eine Zigarette zu Raffauf.« Der alte Doktor Raffauf zieht in der Kellerpraxis auf der Grünstraße an der Zigarette, das rote Gesicht, die dicke Brille, die mit Öl über den Kopf gelegten Resthaare.

Doktor Raffauf hält mein Kinn fest und starrt mich an. »Junge, sach Auto!« (»Auto.«) »Sach Mama!« (»M-mama.«) »Sach Papa!« (»P-mp.«).

Er guckt zur Mutter, beide rauchen je noch eine weitere Zigarette. Am Ende winkt er ab und sagt: »Das legt sich. Nicht beachten.« Er trommelt mit den Fingern auf seinem Holzbein herum. Er nennt die Mutter »Kind« oder »schönes Kind«. Die herzkranke Schwester nennt er ebenfalls »Kind«. Bei Doktor Raffauf ist die Schwester, da sie sechseinhalb Jahre älter ist als ich, »Kind Nummer 1«.

Ich bin nicht Kind Nummer 2, ich bin »der Junge«. Der Vater ist »der Vater«. Doktor Raffauf hinkt durch die Kellerpraxis vom Jungen zum schönen Kind und fragt nach dem Kind Nummer 1 und dem Vater, er zieht an der Zigarette, das schöne Kind zieht an der anderen Zigarette. Er fragt: »Was macht das Kind daheim?«

»Der Junge? Da stottert er auch.«

»Nein, nicht der Junge. Das Kind Nummer 1. Wann geht es wieder ins Krankenhaus für Kind Nummer 1?«

»Na ja, Herr Doktor Raffauf«, sagt die Mutter.

Sie inhalieren und schauen sich dann lange an.

Das Fräulein Lehrerin biegt vorne um die Ecke des Bakterien-Beckens, und als sie weg ist, springt mich Richard le Bron an, Panzerfrank steht wie immer feist daneben. Richard ruft: »Spasti-Spezialprogramm!«. Was folgt, ist bekannt, Schwitzkasten plus Ohren rubbeln. Hier im Klärwerk presst Richard le Bron zusätzlich mein Gesicht in die Maschen des Zauns am Bakterienbecken. Ich starre durch den Zaun ins belebte Wasser, Richard reibt, die Ohren werden heiß, es ist laut, und Richard ruft, dass die Ausscheidungen oben schwimmen und das saubere Wasser unten. Das weiß er von seinem Vater, sagt er, und er brüllt, ob ich weiß, was er auch von seinem Vater weiß, dass nämlich das Wasser, das aus dem Wasserhahn kommt, *im Durchschnitt schon sieben Mal getrunken wurde.* Ich denke, während ich um mich schlage, aha, heißt das, dass auch das Wasser zuvor schon sieben Mal getrunken worden ist, in dem Leviathan Brenner und ich nach dem Gold von Degussa und dem Bankhaus Brinck & Pfeiffer tauchen?

»Wusste ich n-nicht«, antworte ich freundlich, um Richard le Bron nicht weiter auf die Palme zu bringen, »glaub ich auch n-nicht.« Dann sage ich: »Vielleicht wurde bei dir und d-deinem Vater das W-wasser vorher schon s-sieben M-Mal getrunken. B-bei uns jedenfalls n-n-nicht.« Er rubbelt wieder los, die Drähte des Zauns schneiden mir ins Gesicht. Richard le Bron brüllt: »Jetzt geht es in die Scheiße, Spasti, und dein Mongo kommt hinterher.«

»B-itte n-nicht!«

Er reißt und zerrt, ich schlage durch die Gegend, treffe den Zaun, dann seine Nase. Richard le Bron schlägt auf meine Ohren, er sitzt auf mir, ich sehe Blut aus seiner Nase über seinen Mund laufen.

»Wirkungstreffer! Potzblitz!«, ruft Hubi.

Richard le Brons Blut tropft in meine Augen, meinen Mund, süß und rot, und so halte ich die Luft an.

Hubi ruft: »Roll dich ein!« Dann rast er los. Ich höre Hubi rufen: »Fräulein Lehrerin, Mann über Bord, er neigt sich dem Ende entgegen!« Hubi schreit auch noch, als Richard schon lange Land gewonnen hat und sich das Blut von der Nase wischt und auf mich zeigt und ratlos tut. Und so müssen statt Richard le Bron und Panzerfrank nun Hubi und ich zur Strafe im Vorzimmer von Herrn Krings *eine Auszeit* nehmen, wie Herr Krings sagt.

Im Gang zu seinem Stadtentwässerungsbüro hängt in der gelb gekachelten Mulde (die gleichen Kacheln wie bei Herrn le Bron in der Werkstatt) das Waschbecken in der Wand, klein wie aus einem Puppenhaus, darüber der Spiegel, daneben die mächtige, ungefähr toastbrotgroße, hochkant aufgespießte und sich vertikal um die eigene Achse drehende gelbe Seife, teils ermattet und gerissen, plus das Handtuch, hart wie Pappe, auf dem hellblau am Rand steht: Landeshauptstadt Düsseldorf.

Ich werfe mir das müde aus dem Hahn lullernde Wasser ins Gesicht und höre dabei Herrn Krings zu, der ganz verzweifelt ist.

»Ihr zwei habt es mit dem Kopp zu tun, watt?!« Er singt es mehr, als dass er es ruft.

Das Wasser ist kalt.

»Haben Sie auch w-warmes W-wasser?«

»Bist du bekloppt?«

Ich frage mich, während das Blut von Richard le Bron mit dem kalten, gereinigten Wasser in den Siphon wirbelt, ob auch das Wasser, das jetzt gerade hier in der Stadtentwässerung aus dem kleinen Hahn kommt, schon sieben Mal getrunken worden ist. Waren wir hier nicht an der Quelle des von der Düsseldorfer Bevölkerung schon sieben Mal getrunkenen Wassers? Wer zählt das und wie, überlege ich, während ich mich weiterwasche und Herr Krings und Hubi warten. Würde das Wegwaschen von Richard le Brons Blut in der aktuellen Zählung als *getrunkenes Wasser* gelten oder als *Waschwasser*? Wer trennt in der Rechnung das Waschwasser vom Urin? Sitzt wer hier in den Gängen der Stadtentwässerung, der dies berechnet?

Ich trockne mein Gesicht. Auf dem Handtuch matt verwaschenes Rot.

»Jetzt ist da Blut am Handtuch. In den Korb damit!«, singt Herr Krings und »Mensch!«.

Ich lege das Handtuch in den Drahtkorb unter dem Waschbecken, atme ein und aus, so habe ich es in der Stottertherapie bei Herrn Waltherspiel gelernt. Nun atme ich ein zweites Mal ein und aus. Dann atme ich ein drittes Mal ein und aus. Alles von Herrn Waltherspiel gelernt. Herr Krings schüttelt den Kopf, draußen wartet ja das Fräulein Lehrerin mit der Klasse.

»Stimmt es, Herr K-krings, dass das W-wasser, das aus dem Hahn k-kommt, schon sieben M-mal getrunken w-wurde?«

»Wer sagt das?«

»Richard le B-b-…«

»Stotterst du?«

Neben dem Büro von Herrn Krings das Schild: *Raum 0.1, Stadtentwässerung Landeshauptstadt Düsseldorf. Herr Krings.* Tür auf, Hubi und ich rein. Da bitte hinsetzen. »Jetzt könnt ihr euch mal sortieren«, so Herr Krings. Und dass die Manuela auf uns aufpasst.

Hubi und ich sitzen an der Wand und schauen umher. Ein Büro. An der Wand der Kalender von 1976. Oben ein Foto vom Klärwerk in der Sonne. Darunter die Monate zum Abreißen auf weichem gelbem Papier. Daneben ein Poster von The Sweet aus der Bravo. Diese vier bunten Herren sind mir bekannt, und ich mag sie nicht. Sind wir alleine?

»Wer mag nur diese Manuela sein?«, fragt Hubi. Leise stimmt er »Good bye, my love, good bye« an, das Lied des Griechen Demis Roussos. Ich schaue im Raum umher. Unsere beiden Stühle sind groß und hoch, meine Füße berühren nicht den Boden.

»Hältst du die Luft an?«, fragt eine Stimme hinter der Schreibmaschine. Ich neige mich zur Seite und sehe, dass sich hinter der Maschine etwas bewegt.

Die Stimme sagt: »Du hast ganz rote Ohren, kleiner Mann.«

Ich atme aus.

Eine meiner Meinung nach besonders schöne, junge Frau mit blonden, ja gelben Haaren schaut hinter der enormen Maschine hervor. In Manuelas Dekolleté ruht ein silbernes Kreuz. Manuela ist womöglich nicht älter als meine Schwester. Die Sitzflächen unserer Stühle sind, wie ich bemerke, mit dem gleichen dunkelroten Plastikpolster versehen wie die Klappstühle im Kino der Horstbroichs. Lange schaue ich zwischen meine Beine auf das Plastikpolster, knibbele am Polster rum.

»Guck mal, Hubi, das gleiche P-polster w-wie im K-kino.«

Manuela ruft »Hallo?«.

Ich schaue in ein gerades Gesicht, das ohne Zweifel ist, die weißen Zähne, die heiteren Augen. Man sieht durch den Gazevorhang im Fenster hinter Manuela die Köpfe der Kinder folgsam vorübergleiten in Richtung der berühmten Faultürme, diese Türme sind überragend, die Faultürme der Stadtentwässerung Nord sind Meerbuschs Gruß an die Welt. Vorne geht Herr Krings am Fenster vorbei, es folgen die Scherenschnitte der Kinder, ich sehe den schlanken Umriss der geliebten Claudette, den ratlosen Umriss von Leviathan, am Ende das vogelartige Fräulein Lehrerin (der Pagenschnitt über dem langen Hals), unten der kastenartig wackelnde Richard le Bron an der Hand der Parallelklassen-Referendarin Frau Tomaschewski. Richard hält dramatisch ein Taschentuch unter seine Nase. Ich taste nach meinen Ohren, sie sind noch heiß. Sie sagt »Ich bin die Manuela.« Und: »Hältst du wieder die Luft an? Bist du gestört? Atme!«

Ich starre sie an.

»Atmen!«

Ich hole Luft.

»Aufgepasst, Jungs!«

Manuela hebt einen Arm und wackelt mit den Fingern in

der Luft (ich bemerke erst später, dass sie ihre Nägel trocknet, die sie eben gemacht hat). Sie lässt den Arm hinuntergleiten, sie drückt den schwarzen Kippschalter links neben der Tastatur der Schreibmaschine nach vorne, die Tastatur ist schwarz, und die Tasten ragen hoch aus der Maschine wie lange dunkle Häuser einer Stadt.

Die Schreibmaschine wimmert nach Luft, als hätte sie etwas Schlimmes gesehen und plante, um Hilfe zu rufen. *Iiiiiii*, lauter werdend, dann abwandernd. Nun ein Knattern, die Schreibmaschine imitiert ein wenig das Anrücken des Klassenkameraden meiner Schwester, Uwe Schneiderdonk, auf seiner in der gleichen Tonlage wimmernden Kreidler, wie er weit hinten von der Witzfeldstraße über den Feldweg kommt, in die Bonhoefferstraße abbiegt und schließlich die letzten paar Hausnummern bis zur Bonhoefferstraße Nummer 1 das Mofa ausrollen lässt. Wenn Uwe Schneiderdonk vor seiner Wohnung hinter dem Feld die Kreidler startet, weiß man: In wenigen Minuten erscheint er mit der Kreidler. Schon hört man die Kreidler ranwimmern, abhusten, dann klingelt es an der Tür, Uwe Schneiderdonk steht im Treppenhaus mit seinem lieben Gesicht und will die Schwester sehen.

Ich schaue zu Hubi, an dessen Nase ein Tropfen hängt, der endlich abfällt. Die Schreibmaschine übernimmt die Macht, es gibt Zauber und Bewegung, denn aus dem Gerät verläuft das daumendicke schwarze Kabel, aus dem es sich in der Steckdose hinter Manuela bedient, und der Strom regiert jetzt den Raum. Die Vibrationen des gewaltigen Instruments fließen. Manuela faltet die Arme wie einen Turban um den Kopf, der Turban vibriert, und im Turban vibrieren die Haare, und sie lacht. In die Maschine ist ein Blatt eingerollt, das vibriert. Sie ruft: »Blitz, blitz, ballroom, blitz!« Manuelas Tisch vibriert, der Kaffee in der Tasse vibriert, die Tassen im Holzschrank vibrieren, die Glasscheiben vor den Tassen im Holzschrank vibrieren, ich lege die Hände auf die Knie, die Hände vibrieren, weil die Knie vibrieren, weil die Schuhe vibrieren, weil der Boden unter den Schuhen vibriert, ich sehe noch Blut von Richard le Bron auf meinen Händen. Hubi rasselt. Sein Schnupfen. »Alles wackelt«, ruft Hubi.

Hubi tropft und leiert »Good bye, my love, auf Wiedersehen!«.

»Schaut!« Sie legt ihre Hände auf die Schreibmaschine. Die Hände vibrieren, die Arme vibrieren, das Kreuz auf ihrer blassen Brust vibriert, ihr Lachen vibriert. Sie wirft die Arme hoch und ruft: »Ja-ha-haaa!« Sie wischt eine Träne fort. Sie reicht dem vibrierenden Hubi ein vibrierendes Tempo.

Es riecht wie im Büro des Vaters. *Zwei* Sekretärinnen, *zwei* elektrische Schreibmaschinen, wenn beide Maschinen auch flacher und heller sind als die Maschine von Manuela. Sie sind nicht tarnfarben, sie sind nicht derartig groß, und sie vibrieren zusammen nicht ansatzweise so erbarmungslos wie die Eiserne von Manuela alleine. Es riecht bei Manuela nach Lösungsmitteln, Elektrizität, Kugellagern, Schmieröl, Stempelkissen, Klebestiften; dazwischen die organischen Essenzen, der in der Krups-Maschine hinten im Eck ruhende Kaffee, der Rauch der Zigaretten. Die letzte Zigarette hat Manuela nicht richtig ausgedrückt, sodass die nur noch punktgroße Glut auch vibriert und der letzte Faden Rauch ein Band aus flachen Wellen in die Raumluft malt, eine Zeichensprache, die ich von daheim kenne und mag, denn solche Wellen malt der Rauch ins Wohnzimmer, wenn der Vater mit der Zigarette in der Hand gestikuliert. Ich schaue in die Wellen.

»Von welcher Schule kommt ihr?«, fragt Manuela, die immer noch, weil sie so lachen musste, Tränen verliert. Die Vibrationen lassen nach, die Maschine ist warm gelaufen.

Hubi ruft nasal: »Grundschule Witzfeldstraße, Frollein!«

Manuela stellt die Schreibmaschine aus. Das Gerät seufzt, am Ende gibt es wieder wie am Anfang das trostlose *Iiiiiii*. Es ist still. Man hört nach einigen Sekunden das Warmhalteseufzen der Kaffeemaschine. Manuela steckt sich eine neue Zigarette an und lächelt.

»Sie sind wohl ganz guter Dinge, was?«, ruft Hubi. Sie ist nett, und ich finde, sie gewinnt zusätzlich an Zauber, umso länger Hubi und ich sie betrachten. Ich fühle mich wohl, also lächle ich, wie sie, von nun an auch, und zwar immer weiter, bis zu unserem Abschied. Ich lächle, wenn ich rede und wenn ich schweige.

»Witzfeldstraße war ich auch«, sagt Manuela.

Einatmen. Ausatmen. »Und d-d-danach?«

»Hauptschule Römerstraße ... Stotterst du?«

»Das ist nur vorüber-g-g ...«

»Wegen der Schreibmaschine?« Sie lacht auf.

»G-genau.« (Weiterlächeln.)

Ich kenne Frauen wie Manuela aus der »Nacht der reitenden Leichen«. Eine Weile lief der Film in der Kindermatinee im Kino der Horstbroichs. Es gab Ärger, da er Kindern offenbar nicht gezeigt werden durfte, anders als die anderen Monster- und Gruselfilme, in denen Asiaten ins Meer flüchteten und dann, weil sie noch nicht weit genug im Tiefen waren, von Godzilla platt getreten wurden, als müsste der arme Kerl eine bestimmte Anzahl von Japanern erwischen, um seinen Punktestand auf Vordermann zu bringen. Mir lag mehr an Godzilla als an den Japanern, auch mehr an King Kong als an den Amerikanern, sowohl die Echse wie der Affe lebten nach ihrer Art und waren unschuldig. King Kong war nicht böse, nur zu groß und zu schwer. Ich weinte nach jeder Vorführung kurz über King Kongs Tod.

Das Kino der Horstbroichs war nach der Ausstrahlung der

»Nacht der reitenden Leichen« geschlossen. Eine *Abordnung der Stadt ist vorstellig geworden*, wie die Leute sagten. Das Ehepaar Horstbroich fütterte dann hinter dem Kino beleidigt die vielen Hühner und Katzen. Die Katzen schlichen in diesen Tagen so misstrauisch und naseweiß wie eh und je um das jetzt versiegelte Kino herum, und wieder mal lag ein Netz mit ertränkten Katzenjungen im flachen Bach an der Poststraße. (*Die Horstbroichs nutzen die Zeit*, sagte die Schwester.) Die Hühner dominierten auf dem kleinen Hof hinter dem Kino der Horstbroichs, sie attackierten oft und schnell die Katzen, die sich so lange benahmen, als ob sie etwas ausheckten, bis es den aufgebrachten Hühnern wieder mal zu bunt wurde. Drei der Horstbroichkatzen hatten je nur ein Auge. Die Katzen erholten sich von den Hühnern, indem sie Ausflüge in die anderen Gärten machten, zum Beispiel in unseren, und hier nahmen sie Rache an Vögeln, die weniger böse waren als die Hühner der Horstbroichs. (Das Blut im Schnee im Winter, die Meisenkadaver mit den grünen Fliegen im Sommer, der steife misshandelte Buntspecht auf der Terrasse.)

Keine Kindermatinee. Das von der Stadt kaltgestellte Ehepaar Horstbroich stand zwischen den verkrachten Tieren herum. Herr und Frau Horstbroich rauchten eine nach der anderen. Wenn man im Schaukasten guckte, ob bald wieder ein Film gezeigt werden würde, konnte es passieren, dass man dabei von ihnen beobachtet wurde. Beide waren bewehrt mit zwei modellgleichen dicken Brillen, eingefasst durch beiges Horn, die Bügel verschwanden in den langen, fettigen Haaren von Frau und Herrn Horstbroich. Einmal erschrak ich und rannte los, als die Breiaugen von Frau Horstbroich hinter der Hausmauer um die Ecke flimmerten, die Augen von Frau Horstbroich waren mit einem Mal einfach da gewesen, dazu schon die ganze Zeit das empörte Gejammer der Horstbroich-Vögel, als wäre auch den Hühnern wegen der Schließung des Kinos eine Kränkung widerfahren.

Dann machte das Kino wieder auf. Die Horstbroichs hatten versichert, sie hätten »Die Nacht der reitenden Leichen« im Paket mit anderen Filmen gekauft und dann in der Kindermatinee die ganze Zeit nur aus Versehen gezeigt. Es lief nun eine Weile »Dudu, ein Käfer geht aufs Ganze« mit Jimmy Bondi und seiner Freundin, die – wie Dudu, der Käfer – ein *heißes Fahrgestell* hat, wie es in der Filmvorschau geheißen hatte. (Die Frage an die Schwester, wieso die Frau ein Fahrgestell hat. »Die meinen den Po und das Becken.« – »Welches Becken?«) Anschließend lief »Big Boy, der aus dem Dschungel kam«, und dann, als wäre nie etwas vorgefallen, endlich wieder »Die Nacht der reitenden Leichen«. Kreuze auf Gräbern zitterten, Hände von Skeletten fummelten Grabplatten zur Seite, grabbelten aus der Erde und in die Freiheit des spanischen Südens. Es ging um Bella und Virginia, die schöne Virginia wurde gejagt und dann leer gesaugt von den Wiedergängern der seit Jahrhunderten toten Templer. Ich erklärte Hubi, der Film sei *ein Meisterwerk*.

Ständig gab es Ärger wegen der Horstbroichs. Herr Horstbroich hatte auf dem kleinen Parkplatz vor seinem Kino gestanden und irgendeinen Vater angeschrien, dass sich der Film *amortisieren* muss. Erst später haben sie die »Nacht der reitenden Leichen« wohl entsorgt oder weiterverkauft. Bis dahin hatte ich den Film einmal mit meiner Schwester, einmal mit Leviathan Brenner und einmal mit Andreas, dem Sohn meiner Patentante, gesehen. Da kannte ich den Film schon gut und hatte Andreas zugerufen: »Gleich kann man den B-busen von der Frau s-sehen«. Und schon wurde die blonde Jungfrau von den auferstandenen Templern angebunden und ausgepeitscht, sodass sie ihr Blut trinken konnten, das sie so dringend brauchten.

Warum hängt die Kette mit dem silbernen Kreuz um Manuelas Hals?

»Kennen Sie die N-nacht der reitenden …«

»Wo hast du den denn gesehen? Bei den Horstbroichs?«

Ich schaue auf den Abreißkalender, der die beiden Faultürme des Klärwerks Düsseldorf-Nord zeigt, darüber den Slogan: »Schlösser Alt, der Altstadt-Schluck!« Neben dem Kalender das Poster von The Sweet, sie sind mir aus der Sendung Disco bekannt, ich ordne sie der Unterwelt zu, sie leben unter der Erde, sind aber auf der Lauer nach Kinderfleisch. Im Gegensatz zu King Kong, Godzilla und den Templern, die sich ihre Rollen nicht ausgesucht haben, sind The Sweet aus freiem Willen böse.

»Die Nacht der reitenden Leichen … Hast du keine Eltern? Warst du auch in der Nacht der reitenden Leichen?«, fragt Manuela nun Hubi, der mit den Schultern zuckt und dann loslegt: »Ich war mit meiner Mutter bei Demis Roussos in der Philipshalle. Wir haben Fotos gemacht sonder Zahl. Die sind leider nichts geworden. Kennen Sie Demis Roussos, Manuela?«

»Oh je«, jammert Manuela.

»Das Konzert war ein Meisterwerk«, sagt Hubi.

»Wollt ihr was trinken?«

»Kennen Sie P-pink Floyd?«

»Nicht meine Baustelle. The Sweet und T. Rex … Ich habe ein Foto zu Hause, da ist einer von The Sweet nackt drauf. Er liegt auf einem Sofa. Die anderen stehen drum herum und haben ihre Klamotten an. Aber Mick Tucker auf dem Sofa ist nackt. The Sweet sind viel unterwegs, falls es euch interessiert.«

Sie guckt und legt nach. »Man sieht den Schwanz von Mick Tucker, versteht ihr?«

»Schwanz?«, ruft Hubi.

»Den P-pimmel, Hubi.«

Hubi schlägt die Hände vor das Gesicht.

Ein Paar weißer Plastiksandalen mit breiten Riemen und hohen Absätzen steht neben dem Tisch. Unter dem Tisch hat Manuela einen Fuß auf einem Küchentuch abgestellt (die roten Nägel, wie bei Frau Brenner, die feinen taubenblauen Adern auf dem hellen Fußrücken), das andere Bein ist angezogen, die Ferse drückt in die Kunstlederkante des Bürosessels. Sie betrachtet die angemalten Zehen. Ich sehe die Flasche mit dem Nagellack auf dem Tisch, der Geruch nach Benzin, es ist alles noch frisch.

»The Sweet und T. Rex bumsen viel, falls es euch interessiert.«

Hubi hat auf Durchzug geschaltet, er hat auch wieder Schleim irgendwo, röchelt.

»Bumsen? Davon gehört?«

Mir ist grob klar, worum es sich handelt. Es geht um eine Art Reibung, die die Geburt von Kindern zur Folge hat. Bei einer Mutter ist das Kind schon immer *angelegt,* es schwimmt im Bauch der Mutter umher, klein wie eine Ameise. Schon wenn die Mutter auf die Welt kommt, ist das Kind in ihr enthalten, es ist dieses Kind das leibliche Kind und also inklusive. Wenn eine Mutter und ein Vater nun heiraten, schmusen sie. Durch die Reibung, die der Vater dabei am Leib der Mutter erzeugt, wird das Kind im Bauch der Mutter größer. Es wächst wie verrückt und wird ein Braten. (Richard le Bron über die Referendarin Frau Tomaschewski: »Die hat einen Braten in der Röhre.«) In der Mutter wird es für das Kind nun zu eng. Draußen steigt die Aufregung. Hat das Kind dann keinen Platz mehr, kommt der Moment: Der Bauchnabel der Mutter öffnet sich, das Kind *kommt zur Welt,* es ist die Belohnung für alle. Mal dauert es lange, bis es auf der Welt ist. Mal fällt es aus der

Mutter heraus, so war es bei Onur auf der Wiese am Rhein. Die Mutter weint vor Glück, der Vater raucht. Es ist rätselhaft, aber so ist es, es gibt viele rätselhafte Dinge, und sie sind nicht zu ändern.

Die Schwester hatte von der Reibung erzählt, nachdem aus dem Mund eines alten Mannes mit Hut das Wort Bumsen gefallen war.

Wir hatten im Hofgarten in Düsseldorf auf die Eltern gewartet. Die Mutter hatte bei Ritterskamp auf der Königsallee ein Kleid probieren müssen, das der Vater am Tag zuvor im Schaufenster gesehen hatte. Wir saßen auf einer der grünen Bänke im Park hinter der Rheinoper, sollten warten und keinen Unsinn machen. Vor uns wälzten sich ein Mädchen und ein Junge auf der Wiese, um sie herum die genervten Gänse und Enten. Das Mädchen und der Junge hatten lange Haare, sie waren barfuß. Plötzlich hämmerte das Mädchen (oder der Junge) dem Jungen (oder dem Mädchen) die Zunge in den Mund, aus dem wiederum die andere Zunge hervorstand. Ich zappelte los auf der Bank und rief »Nein, nein, n-nein!«, die Schwester sagte, ich solle die Klappe halten, die beiden schmusen, das sei normal.

»Wenn Mama und Papa nicht geschmust hätten, gäbe es dich nicht.«

Ich verstummte und schaute auf die beiden Körper. Es ist nicht denkbar, dachte ich, dass sich die Eltern in dieser Art aneinanderreiben oder ihre Zungen aneinanderschlagen, sie haben es auch nie getan. Der Geburt meiner Schwester, meiner Geburt war sicher eine weniger aufwendige Reibung vorausgegangen, eine weniger furchterregende auch. Der Vater hatte womöglich am Bauch der Mutter täglich zu einer bestimmten Zeit gerieben, freundlich und ohne Zungen, beide hatten sich gefreut, wie der Bauch der Mutter nun größer wurde. Es ging darum, Dinge auf den Weg oder wieder ins

Lot zu bringen – die kaputte Waschmaschine (»Hast du bei Miele angerufen?«), die anfällige Hydropneumatik des Citroën (»Die DS muss zu Ulmen, sie schleift«), das Kind Nummer 1 muss in die Universitätsklinik in die Kardiologie, der Junge muss in die Universitätsklinik zu Herrn Waltherspiels Stottertherapie.

Bei Herrn Waltherspiel der vibrierende Eisenknauf an meiner Brust. Nach ein paar Minuten Behandlung durch den Eisenknauf bollert Luft hoch »Ich w-werde nun r-ülp…«

Herr Waltherspiel ist ganz erregt und klatscht in die Hände, er ruft: »Raus mit dem Bäuerchen, kleiner Mann! Ja haha!« Das geht noch eine Weile, ich rülpse endlich und erstarre. Nicht ich habe gerülpst, sondern eine Macht. Hämmert der Eisenknauf lange genug gegen das Brustbein, äußert sich die Macht. Stumpf steigt das Bäuerchen auf und verlässt mich. Nun bin ich locker oder soll es sein. Herr Waltherspiel hat die Pappschilder auf dem Tisch liegen. Auf ihnen steht: Pink Floyd, Düsseldorf, Brandt, Barzel.

Er lächelt durch den Bart. Hinter ihm hängt das Konzertposter von den Dubliners in der Tonhalle, die exakt so aussehen wie Herr Waltherspiel vor dem Poster. Als wären sie Brüder, die Dubliners auf dem Poster und Herr Waltherspiel davor. Sie haben alle einen Mittelscheitel, einen Bart und wirken gewitzt. Die Dubliners machen auf ihren Reisen stets Halt in der Tonhalle, sagt Herr Waltherspiel zu Beginn jeder Sitzung, immer wendet er sich dabei kurz zu seinen Artgenossen um, er habe sich noch kein Konzert entgehen lassen. Herr Waltherspiel liebt die irische Kultur, auf einem anderen Poster steht nur groß das Wort *Guinness*, auf einem dritten Poster sieht man eine Küste. Herr Waltherspiel sagt: »Komm doch mal mit, bald ist wieder *Irische Nacht* in der Tonhalle. Die Dubliners sind *headliner*.« Ich möchte nicht mit Herrn

Waltherspiel in die Tonhalle, es ist ein schmaler Schmerz, ich sage nichts und schaue.

Er hält den Eisenknauf an mein Brustbein. Es dauert. Dann rülpse ich wieder.

»Astrein! Raus mit dem Bäuerchen, auch wenn es ein Bauer ist!«, ruft Herr Waltherspiel. Und »Einatmen!« und »Pink Floyd!« und »Ausatmen!«. Mit der Linken hält er das Schild hoch.

Ich schaue auf das Schild, atme ein und aus. Herr Waltherspiel ruft »Los!«.

»P-mp...Hink.«

»Nicht Hink! Sondern Pink! Du brauchst nicht das H, denn du schaffst das P! Und einatmen und ausatmen, und *Pink* Floyd!«, ruft Herr Waltherspiel. »Und Düsseldorf! Und Brandt! Und Barzel!«

»Hink Floyd.«

»*Pink* Floyd!«

»Hink Floyd.«

»Und *Pink*!«, schreit Herr Waltherspiel.

»Und Hink!«, schreie ich.

»Nicht das P ärgern! Sonst wird das P böse!«

Er presst den Knauf und dreht am Schalter. Der Knauf hämmert stärker gegen das Brustbein, ich bebe und schaue ihn an. Er reißt die Arme hoch: »Nicht das P ärgern! Sei lieb zum P, denn dann hat es auch dich lieb! Und einatmen – Pink – und ausatmen – Floyd!«

»P-mp.«

Das P verharrt in der Brust.

Herr Waltherspiel ruft: »Barzel!«

Ich schüttele den Kopf und vibriere.

»Ausatmen, alle böse Luft darf raus!«, ruft Herr Waltherspiel, »und Barzel!«

»B-b.«

»Rainer. Ausatmen. Ruuuhig. Barzel.«

»R-rainer … B-b.«

Ich schreie dann: »Barzel! Hink Floyd!« Tränen. Herr Waltherspiel verschwimmt.

»Na, aber das ist doch ganz, ganz toll!«, ruft Herr Waltherspiel. Er reicht ein Tempo.

Man sah viele Männer mit Stock und Hut. Als wäre immer irgendwo ein Verleih für Stöcke und Hüte. »Zum Bumsen geht ihr nach Hause!«, schrie der Mann mit dem Stock und dem Hut vom Weg runter auf die Wiese, sodass ich erschrak. Das Mädchen und der Junge lachten und antworteten dem Mann nicht.

»Zum Bumsen geht ihr nach Hause!«, schrie der Mann wieder.

»Was haben Sie für Probleme?« Das war die Schwester. Der Alte wendete sich um und gaffte sie, dann mich an. Er beugte sich über uns.

»Wer redet mit dir, du Rotzgöre? Wird da gebumst oder was?« Er zeigte auf das Mädchen und den Jungen. »Bumst ihr hier, ja?«

»Gehen Sie doch, wenn es Ihnen nicht passt!«

»Wer redet mit dir, du Rotzgöre!«, brüllte der Mann.

»Sie reden mit mir!«, schrie die Schwester.

»Ist das dein Bruder? Wie alt ist der? Ich hol die Polizei!«

»Nazi!«, rief die Schwester, sie zog mich von der Bank, jetzt sabberte der Alte los, dass er ihr in die Fresse haut, dass wir ins Lager gehören: »Ihr müsst ins Gas! Hier gehört sauber gemacht, was? Oder? Was?«

Sie stand auf und schrie: »Nazi!«

»Ich hau dir in die Fresse!«

»Ihr Gehirn ist voll Scheiße!«

Als wir im Citroën sitzen und zurück über die Oberkasseler Brücke fahren, füllt die Schachtel von Ritterskamp hinten den kleinen Kofferraum aus. Das Klavier von Duke Ellingtons Africa Suite erklingt, zu der ich, da ich sie gut kenne, auf den Knien trommle. Ich schaue aus dem Fenster über die weiten Wiesen, durch die der Rhein fließt, es ist das schönste Bild, denn alles ist unendlich und voller Möglichkeiten. Leise und leicht sage ich: »Pink Floyd.« Ich sehe hinüber zur Theodor-Heuss-Brücke und weiter, wo die Flugzeuge von Lohausen starten und dann über unseren Garten fliegen, eine Sekunde zuvor auch über die Stadtentwässerung Düsseldorf-Nord. Aber wo ich jetzt hinsehe aus dem Fenster des Citroën, ist nichts als Himmel.

»Was ist b-bumsen?«

»Das ist wie schmusen«, sagt die Schwester schnell.

Die Mutter ruft nach hinten: »Was ist denn da los?«

»Nichts.«

Der Vater drückt die Kassette mit Ellington aus dem Fach und legt Brendel ein, der Bach spielt, »Ich ruf' zu dir, o Jesu Christ«, ich atme ein und aus und schaue aus dem Fenster und liebe es, ich möchte es wieder und wieder hören.

»The Sweet sind bekannt dafür, die sind viel unterwegs, die lassen nichts anbrennen«, sagt Manuela, während Hubi und ich weiter auf das Fräulein Lehrerin und Herrn Krings warten, die noch auf Faulturm-Tour sind.

Hubi sagt wieder: »Na, das würde mich gern mal interessieren.«

»Eine Fete nach der anderen. Das weiß jeder. The Sweet waren letztes Jahr in der Philipshalle und danach in der Altstadt in der Mata-Hari-Passage. Die sind mit Chauffeur vorgefahren, jeder von denen mit einem eigenen, Brian Connolly vorneweg, schön mitten durch die Altstadt … Im Parkhotel wurde dann gebumst. Falls es euch interessiert.«

»Kennen Sie Demis Roussos?«, fragt Hubi wieder, »ich möchte ihn Ihnen ans Herz legen.«

Sie sagt: »T. Rex bumst auch viel.«

Bumst? Sind T. Rex nicht mehrere? Von T. Rex weiß ich, dass sie für die Revolution sind. Die Schwester sagt, dass T.-Rex-Sänger Marc Bolan die *bestehenden Verhältnisse* ablehnt. Auch Pink Floyd lehnen die bestehenden Verhältnisse ab.

»Was sind b-bestehende Verhältnisse?«

»Dass immer noch Nazis rumlaufen, wie das alte Schwein neulich im Hofgarten. Dass die Reichen überall fett hocken auf Kosten der Armen, das scheiß Establishment.«

»Sind Nazis die L-leute, die Hitler ...?«

»Hitler und seine Leute, genau.«

»In London waren sie auch?«

»Nein. Aber das Establishment gibt es auch in London.«

»Und wenn es nach T. Rex und P-mp Floyd geht, passiert w-was?«

»Wenn es nach T. Rex und Pink Floyd geht, wird das Establishment ausradiert.«

Ich sage zu Manuela: »Wenn schon, dann b-bum*sen* T. Rex.«

Sie versteht nicht.

»Es sind m-mehrere.«

»Mehrere? Bist du bescheuert? T. Rex ist der blasse Typ mit den Locken.«

»D-das ist der Sänger von T-t Rex. Er heißt Marc B-bolan. *Einatmen* Meine Schwester findet ihn auch *ausatmen* süß.«

»Aha«, sagt Manuela. »Wie heißt er?«

»Marc B-bolan.«

»Pink Floyd ist Katzenmusik, falls es dich interessiert. Wer hört denn so was? Deine Schwester?«

»G-genau. Kennst du D-dark Side …«

»Auf welche Schule geht deine Schwester? Bei uns hat keiner Pink Floyd gehört.«

»Gymnasium N-niederdonker Straße. *Einatmen* Aber im Moment ist sie viel im *ausatmen* Krankenhaus.«

»Aha, sie ist viel im Krankenhaus. Und warum?«

»Die Herzklappen sind n-nicht da, wo sie sein s-sollen.«

»Aha, die Herzklappen sind nicht da, wo sie sein sollen. Und warum nicht?«

Manuela war neulich auch im Krankenhaus. Die Mandeln. Sie sei in Heerdt gewesen, nicht in der Uniklinik. Sie habe den Rhein gesehen von ihrem Fenster aus, sie habe den ganzen Tag lang Eis gegessen. Ob die Schwester auch in Heerdt sei wegen der Klappen?

»Nein, sie muss immer in die Uniklinik.«

»Immer? Wieso denn immer?« Sie sagt, wenn die das in der Uniklinik nicht hinkriegen mit den Klappen, dann soll die Schwester doch nach Heerdt.

Lächelnd erkläre ich Manuela, dass man die Pyramide, das weiße Licht und die Farben des Regenbogens von Pink Floyd am Himmel sehen kann, wenn man sich nur gründlich konzentriert. Wer sich konzentriere, der werde das Zeichen am Himmel sehen. Ich stottere nicht. Ich erzähle, dass die Platte mit der Pyramide mit einem Herzschlag beginnt und auch endet. Pink Floyd senden uns mit dieser Platte eine Botschaft, das ist wichtig. Eben deshalb sei es auch wichtig, dass man sich in diese Platte von Pink Floyd *einhöre.* Dies sei die erste Stufe. Die zweite, dass man die Pyramide von Pink Floyd zu sehen bekomme. Am Himmel.

Hubi sagt: »Es ist das alte Lied.«

»Wenn man lange zum Himmel schaut, sieht man eine Pyramide?« Manuela scheint begeistert.

»G-genau.«

Manuela schreit auf. Sie zieht beide Beine an und strampelt mit den Füßen. »Und du hörst Demis Roussos, ja?«

»Jawohl, Frollein!«, ruft Hubi.

»Ihr tickt nicht mehr richtig! Kein Wunder, dass Herr Krings euch aussortiert hat!« Sie strahlt, sie ist schön. Dann kommt sie nach vorne mit ihren bemalten Füßen, sie beugt sich nach vorne. Das silberne Kreuz fällt in mein Gesicht, Manuela riecht nach Haut und Seife. Sie küsst erst mich auf die Stirn, dann Hubi.

Wir warten, bis alle Kinder alles angeschaut haben und der Bus von Birgels-Reisen zur Abreise wieder seine Pforten öffnet. Alle Kinder (außer Hubi und mir) haben zum Abschied von Herrn Krings den Abreißkalender 1976 mit den Faultürmen oben drauf geschenkt bekommen, wobei das Jahr ja eh fortgeschritten ist. Als wir im Bus sitzen, reißt Richard le Bron im Vorbeigehen meinen Kopf heran, er zieht mir den zusammengerollten Kläranlagen-Kalender über den Kopf. Unter seiner Nase ist trockenes Blut. Ich sage: »Du hast da noch B-bl…« Er sagt: »Wenn wir in der Schule sind, polier ich dir deinen *Riechkolben*, Spasti.«

Heute steht das Fräulein Lehrerin offenbar schon länger neben dem Casala-Tisch. Ich drehe langsam den Kopf von links nach rechts und schaue in Hubis asiatisches Gesicht. Routiniert ruft Hubi: »Spucke!«

Ich ziehe den Speichelfaden hoch, wische über den Mund, orientiere mich. Ich bin das Kleinste vom Kleinen, das Wenigste vom Wenigsten, es ist ein Rauschen und Knistern. Die Schwester hatte von der Supernova erzählt. In der Supernova vergeht alles, sie ist das Ende und der Anfang. Hinter Hubi befindet sich der Bund eines orangefarbenen Rocks, weiter oben das Gesicht des Fräulein Lehrerin. Ich schaue hoch. Sie sagt »Guten Morgen, der Herr«, ich entgegne nichts, wozu stottern, wenn es mit einem Nicken auch getan ist. Ich nicke.

»Ich sagte: Guten Morgen, der Herr.«

»Guten M-morgen.«

»Guten Morgen *und*?«

»Guten M-morgen *und* Fräulein L-lehrerin.«

Supernova

Die Schwester ist zu diesem Zeitpunkt 16. Also bin ich neun oder gerade zehn.

Oft ist sie in der Universitätsklinik, für Wochen, manchmal Monate. Die Mutter nahm in der Schwangerschaft zur Beruhigung das Mittel Contergan, wie viele werdende Mütter, die nachts immer noch wach wurden, weil sie meinten, es gebe Fliegeralarm, dabei hatte nur wer gehupt. Unbedenklich, so die pharmazeutische Firma Grünenthal. Als die Schwester im Januar 1960 auf die Welt kommt, sind Arme und Beine, wie sie sein sollen, alles ist gut, und die Mutter, die nur so gerade eben den Krieg überlebt hatte, aus dem ihr Vater nicht zurückgekehrt war, ist glücklich. Das Kind aber wird mit einem Mal blau, dann lila. Offenbar stimmt etwas mit dem Sauerstoff nicht, und richtig, das Herz des Kindes ist kaputt, die Klappen sind nicht, wo sie sein sollen, sondern ganz woanders, und so ist das Blut in diesem Herz auf Umwegen unterwegs, es rast durch einen Irrgarten. Ein *groteskes Herz,* wie der Professor in der Universitätsklinik ruft, der begeistert ist, ein Wunder, dass dieses Herz schlägt, so ein Herz gibt es kein zweites Mal, es ist fast Literatur, und wir werden sehen, wie lange es schlägt, lange wohl nicht, ruft der Professor, aber immerhin, noch lebt das Kind, wie man sieht, die zusätzlich herbeigerufenen Professoren wiegen anerkennend die Köpfe, und die zahllosen Ober- und Unterärzte pflichten eilfertig bei, alle sind aufgekratzt, und so wird das Kind in diesen Tagen gezeigt, es kommen immer weitere Ärzte, Studenten, Professoren.

Wenn sie in der Düsseldorfer Universitätsklinik liegt, neben den anderen Kindern, und wenn sie nicht am Tropf liegt, steigt sie immer wieder aus ihrem Bett und geht zur Krankenschwester Patrizia aus Madrid. Auf dem Dual hören sie dann leise Musik. Es gibt ein Foto, auf dem sie und Patrizia vor dem Bungalow auf einem Baumstamm sitzen, die schwarzen Haare von Patrizia unter der Haube, das ziellose, widerborstige, in der Klinik mit der Nagelschere geschnittene Haar meiner Schwester, darunter das weiße Gesicht, darauf die Flecken, die von der Unwucht im Körper des Mädchens erzählen. Die Wiese, die alten Bäume, die Hülle einer Schallplatte auf dem Schoß von Patrizia: darauf eine Kuh, die sich dem Betrachter zuwendet, und zwar, wie ich bald darauf sicher annehme, nicht zu irgendwem, sondern zu mir persönlich.

Zufall und Pech verformten das Herz, und so sind Zufall und Pech keine Größen mehr in ihrem Leben, entscheidet die Schwester. Sie wird von nun an selbst entscheiden, sie wird alles selbst regeln und nichts mehr geschehen lassen.

Einige Sommer früher hören wir Dark Side Of The Moon und betrachten das Cover dieser Langspielplatte. Die Schwester sagt: »Wenn du konzentriert hochschaust an den Himmel, erscheint dort die Pyramide von Dark Side Of The Moon.«

Ich schaue aus dem Fenster in den Garten. Dann über die Bäume. Auch über den Quittenbaum.

»Wieso?«

»Schwingungen. Du musst dich konzentrieren. Kapiert?«

»K-kapiert.« (Erste Anzeichen des Stotterns.)

Ich glaube ihr auf der Stelle. Ich halte die Luft an. Sie sagt: »Atme!« Einmal falle ich in der Schule um, weil ich zu lange die Luft anhalte. Auf Geheiß der Mutter erscheint die Schwester eines Tages im Zimmer des Bruders, der wieder am Fenster steht und hochschaut und sich konzentriert. Sie teilt ihm mit, dass man die Pyramide von Pink Floyd *nach neuesten Erkenntnissen* doch nicht am Himmel sieht, nicht einmal, wenn man sich konzentriert wie verrückt und im Gehirn alle Sicherungen durchbrennen, weil man ein kleiner Spasti ist.

Sie sagt: »Alles, was ist, ist hier. Es ist nicht da oben. Pink Floyd. Sie alle sind hier.«

»Sie sind in L-london. Im *Vereinigten Königreich.*«

»Schau in die Welt. Nicht in den Himmel. Pink Floyd sind hier, nicht im Himmel.«

Die Kuh auf dem anderen Cover hatte sich aber bewegt, ich bin sicher. So wie die Bilder des Malers Julius Bissier an unserer Esszimmerwand: *Sie gewinnen täglich an Zauber*, hatte, im Komplementärsessel des Wohnzimmertischs versunken, der Bissierexperte Werner Schmalenbach gesagt, unser Nachbar, mein Patenonkel. Wenn die Kuh sich bewegt und Bissier an Zauber gewinnt, so ist es naheliegend, dass die Pyramide am Himmel erscheint.

Die Mutter fragt sich, ob die Kuh auf der Langspielplatte die Macht besitzt, den Jungen unter Hypnose zu setzen. Der Vater ist der Ansicht, dass womöglich umgekehrt der Junge die Kuh hypnotisiert. Abseits des Klassenzimmers ist vieles in Bewegung. Die Aquarelle Julius Bissiers an der Wand des Esszimmers verändern sich. Die Schwester sagt, diese Bilder sind entstanden, weil Julius Bissier in der Lage ist, seine Seele sichtbar zu machen.

Alles glüht.

Die Sache mit der Kuh: Ich sitze vor dem Biedermeier-Sekretär auf dem Parkettboden der Gartenwohnung auf der Dietrich-Bonhoeffer-Straße 1. Es ist eine der ersten Erinnerungen. Wie alt bin ich? Fünf? 1971? Roger Waters singt »If«. Ein Mann, sagt die Schwester, singt davon, dass er nicht in diese Welt gehört. Zuvor haben wir »Grantchester Meadows« vom Album Ummagumma gehört, die Bienen und der Wind und der Sommer. Ist das Tor erst geöffnet, gibt es kein Entkommen, und ihr Leben ist unser Leben … Ich betrachte das Cover der Langspielplatte Atom Heart Mother. Eine Kuh steht auf einer Wiese, wir sehen sie von hinten, aber sie wendet sich zum Betrachter um.

»Atme!«, ruft die Schwester. Sie zieht das Cover von Atom Heart Mother weg.

Die Hülle lehnt mal am Sekretär, mal liegt sie auf dem Parkettboden. Die Kuh wendet sich um, als wollte sie eine Einladung aussprechen. Bitte folgen Sie mir. Auf der Rückseite der Platte stehen drei Kühe auf der Wiese. Klappt man das Cover auf, stehen viele Kühe auf der Wiese. Der Name der Band – Pink Floyd – ist auf dem Cover nicht zu sehen. Man sieht nur die Kuh. Die Schwester erklärt, die Kuh sei ein Symbol, sie stehe für eine Mutter mit einem atombetriebenen Herzen, sie ist die Atom Heart Mother. Die Kuh und ich wachsen zusammen auf. Sie ist das erste Bild.

Die Sommer in den leisen Liedern von Pink Floyd sind Bleistiftskizzen, aus denen alles hervorleuchtet. Das Gras, der Fluss, die Stimmen. Die Sommer am Niederrhein sind schwer, grün, satt und feucht. Ich höre die Bienen und Vögel, im Garten sind dies vor allem die vom Vater verehrten Blaumeisen, für deren Wohlbefinden er Tonkrüge in die Bäume hängt. Im späten Frühling, zu Pfingsten, während hinten im Dorf die Schützenkappelle ihre Marschmusik wie Geschirr in die Luft schmeißt, versteckt sich der Vater im Rhododendron oder hinter dem Kompost, auf dem die eben entsorgten Kaffeefilter zwischen den Eierschalen seiner Sonntagsomeletts (20 Eier für vier Personen, viel Zimt) dampfen. Vom Kompost aus, hinter einer gazeähnlichen Schicht aus dem Sonnenlicht des Vormittags und den darin enthaltenen zitternden, ballonartig versammelten Kleinstfliegen steht er mit der Dunhill-Zigarette im Mundwinkel. Er betrachtet den Krug im Birnbaum, den ein täglich dünner werdendes Blaumeisenpaar anfliegt.

Die Fenster stehen offen. So hört man das Herz des Kindes Nummer 1 in allen Gärten.

Zunächst, noch vor der Platte mit der Pyramide, setzt sie die Nadel auf die Ballade »Julia Dream«, dann auf »If«. Die Schwester sagt, Julia sei die Königin der Träume, sie sei in einem Traumboot unterwegs, sie sei in der Lage, David Gilmour vor dem Nebelmann zu retten. Auch Roger Waters flehe in »If« um sein Leben, er habe Angst, dass es *das Establishment* auf sein Gehirn abgesehen haben könnte.

Das Establishment muss etwas sein wie Herr le Bron und sein Sohn Richard, der Junge mit dem harten Kopf, den stumpfen Händen, dem matten Blick. Die Schwester aber sagt, eher vereine Panzerfrank, le Brons Kumpel, die typischen Merkmale des Establishments: Gier, Feigheit, Charakterlosigkeit, dabei sich wegduckend, wenn es heikel wird, sich also zum Beispiel wie Panzerfrank in den Pausen hinter Richard le Bron in fliegenden Bewegungen wegduckend, wenn Ärger durch die Aufsicht droht. Richard le Bron ist gewalttätig und stumpf, Frank Schmellerkamp aber ist niederträchtig. Wir sehen im Fernsehen zitternde Aufnahmen von Adolf Hitler, einem kleinen, aufgebrachten und *komischen Mann* mit einer hohen Kapitänsmütze und einem schwarzen Viereck unter der Nase. Als die Schwester sagt, dieser Mann sei der größte Verbrecher in der Geschichte, bringe ich diese Information nicht mit dem Bild des kleinen Empörten in Einklang. Der Vater ruft: »Schaut nicht auf Hitler! Schaut auf die, die hinter ihm stehen!«

Die Schwester sagt, diese Männer seien Schweine. Der Großvater von Panzerfrank, Opa Schmellerkamp, sei ein totes Schwein, der Vater von Panzerfrank, Herr Schmellerkamp, sei ein noch lebendes Schwein. Der Vater von Panzerfrank ist also bei Rheinmetall, in der übrigen Zeit spielt Herr Schmellerkamp viel Tennis, und immer, wenn in der Zeitung vom Tennisverein berichtet wird, sieht man ein Bild vom lachenden Herrn Schmellerkamp, der, sagt die Mutter, *alert* ist, nach Meinung des Vaters ein Idiot und nach Meinung der Schwester ein Schwein. Die Schmellerkamps wohnen in einer Villa am Wald, nicht weit entfernt von Leviathan Brenner, und seit einigen Monaten sehe ich, wenn ich Leviathan besuche, zwei Männer in einem VW sitzen, sie schauen und rauchen. Am Kofferraum des Wagens befindet sich eine Antenne. Nach Meinung der Schwester darf sich Herr Schmellerkamp nicht wundern, wenn er bald *Bekanntschaft mit der Roten-Armee-Fraktion* macht. Sie sagt, sie wisse alles über die Familie Schmellerkamp.

In der Erinnerung ist es, als wären die beiden Lieder uns zugelaufen wie leise Tiere. »Julia Dream« und »If« schleichen sich an, als wären sie zurück von einer Reise durch die Gärten. Die Lieder sind identisch mit dem Geruch, der Stimme und dem Atem der Schwester. Ich wippe zu »Julia Dream« mit dem Fuß, wende die Hüllen von Ummagumma, Relics und Atom Heart Mother herum und schaue. Ich betrachte die Kuh, die sich gerade wieder bewegt hat. Gilmour singt vom Nebelmann.

»Wer ist der N-nebelmann?«

»Der *misty master* ist der Tod.«

Ich bin vor wenigen Tagen beim Fernsehen wieder an Heino geraten. Es ist damals noch nicht die Zeit, als alle über ihn lachen, er ist neu und entsetzlich. Heino ist der misty master. Ich schließe die Augen, sehe David Gilmour auf der Wiese in der Sonne. Hinter ihm, im dichten Grün, lächelnd, böse und dünn: Heino. Die Schwester legt die Platte mit der Pyramide auf den Teller, die Nadel auf die Platte. Wir nehmen auf dem Bett Platz, die Schwester sagt, während das Herz schlägt, die Registrierkasse rasselt und Männer reden, dass alles, was entsteht, vergeht, dass wir nicht die Sonne einholen werden, dass wir nicht graben sollen, nicht rennen, nicht flehen, nicht betteln, nicht stehlen …

Sie hat es mit dem Pelikan auf das linierte Blatt aus dem Heft von Clairefontaine geschrieben: »Don't be afraid to care.« *Kümmere dich.* Es ist zunächst alles Mathematik. Die Sonne ist das Kind der Supernova. Es begab sich, sagt die Schwester, vor fünf Milliarden Jahren. Ohne Sonne keine Erde. Kein Mond. Das Gas, der Wasserstoff, die Explosion. »So!«, sagt die Schwester, die alles nachgelesen hat. Eine Wolke aus Gas und Staub, und aus ihr entsteht das Leben, kleine Teile, die Kleinsten unter den Kleinen, die wenigsten unter den wenigen. Nun gilt es zu warten, bis sich der Rauch verzieht. Und schon sind wir da.

»W-wir?«

»Unsere Vorfahren.«

»Und dann k-kommen w-wir?«

»Und dann kommen wir. Und erst mit uns wird es spannend.«

»S-sind die Teile vorher so k-klein wie die Teile, die bei Sonne durch das Klassenzimmer fliegen?«

»Kleiner.«

Ich weiß nicht, was Gas und Wasserstoff ist, außer dass Gas

auch das ist, was aus den runden Feuerstellen am Herd unserer Einbauküche Courage von Möbel Schweidtmann kommt, denn die Mutter hat bei der Installation von Courage auf Gas bestanden. (Keiner benutzt mehr Gas. Gas ist für arme Leute.) Ich sehe eine Explosion. Aus ihr entsteht alles. Und wenn Gott nicht die Erde gemacht hat, sage ich, so hat er doch die Supernova in Gang gesetzt, und aus der Supernova entstand die Erde.

»Vergiss Gott«, sagt die Schwester.

Ich vergesse Gott.

Haben Pink Floyd die Supernova in Gang gesetzt?

»Wie denn? Wie sollen sie es gemacht haben?«

»Durch die M-musi...«

»Pink Floyd gab es noch nicht!«

»Aber ihre V-vorfahren.«

Aus Staub ist die Erde entstanden, und aus Staub sind wir entstanden, und aus Staub sind Pink Floyd entstanden. Aus Staub ist alles entstanden, das du berührst, das du siehst, das du schmeckst und fühlst. Ich sitze auf dem Bett und höre und sehe Feuer und Wasser, Sonne und Regen, die dumme Frau Schwerdtfeger von der Poststraße dreht sich im All um die eigene Achse, alleine, langsam, blind und verloren. Manuela, barfuß und lachend, sie führt Marc Bolan an der Hand über die Wiesen am Rhein, und die Wiesen sind aus Staub, und der Rhein ist aus Staub, und schau, dort entstehen schon die zwei schicken Faultürme der Stadtentwässerung Düsseldorf-Nord, auch aus Staub. Ich sehe Hubi auf einem Stein am Fluss sitzen. Er winkt und ruft: »Du bist das leibliche Kind.« Der Stein, Hubi, ich, alles aus Staub, wir mischen Wasserstoff und Gas hinzu, alles fliegt in die Luft und nimmt Gestalt an.

Familie Kallen, Frau Schwerdtfeger von der Poststraße, oben der Hausmeister Kothen haben das Herz auch gehört.

Frau Schwerdtfeger steht auf der Bonhoefferstraße, an jedem Arm zwei fast platzende Plastiktüten, auf den Tüten in Großbuchstaben »Immer frisch! Otto Mess!«. Aus einer Tüte tropft was Weißes raus. Die Mutter murmelt leise: »Joghurt.« Die Tüten sind voll mit Fett, Milch, Kohlenhydraten, Zucker, Eierlikör (der Kinderreim: »Ei ei ei Verpoorten – die Eier sind von Horten«) und den Zigarettenstangen (Attika). Hinterhältig grinst Frau Schwerdtfeger über den Vorgarten hinweg in die Küche, bis die Mutter freundlicherweise das Fenster aufmacht und eine sinnlose Frage nach der anderen stellt in der Hoffnung, dass sogar der Frau Schwerdtfeger bald das Licht aufgeht, dass das hier zu nichts führt und sie wieder abzieht:

»Na, Frau Schwerdtfeger, schön unterwegs?«

»Genauuuu«, leiert Frau Schwerdtfeger tückisch, die Augen trällern in den üblichen, nach außen wegschwimmenden Ringen durch die dicke Brille (die vielen dicken Brillen im Ort).

Die tapfere Mutter: »Schön einkaufen?«

»Genauuuu.«

»Otto Mess?«

»Genauuuu.«

Dann hat Frau Schwerdtfeger endlich ihre Frage fertig zusammengenagelt:

»Frau Gorkow, war das gestern das Herz *vom kranken Kind*?«

»Bitte?«

»War das gestern das Herz vom kranken Kind? Alle haben das Herz gehört. Fragen Sie Herrn Kothen, der hat das Herz gehört. Ich habe das Herz gehört. Die Horstbroichs haben das Herz sicher auch gehört hinten am Kino. Fragen Sie die mal.«

»Ein Herz?«

»Genauuuu. War das gestern das Herz vom kranken Kind? Habt ihr hier 'nen Apparat aus der Klinik?! Dass man das Herz vom kranken Kind hört?!«

»Nein, Frau Schwerdtfeger. Ach so … Pink Floyd. Das Herz kam von einer Platte.«

»Was?«

»Das Herz kam von einer Platte.«

»Was?«

»Das Herz kam von einer *Schall*platte.«

Der Joghurt ploppt brav aus der Tüte.

»Was?«

»Das Herz kam von einer Schallplatte, Frau Schwerdtfeger … Pink Floyd!«

»Musik?«

»Rockmusik, Frau Schwerdtfeger. Beatmusik.«

Pause.

Dann lacht sie steil auf. Ruckelt an den Tüten. Sie brüllt über den Vorgarten in die Küche: »Fiesta Mexicana!« Sie kreischt. »Hossa, was?«

»So ähnlich.«

»Hossa! Hossa!«

»So in etwa, Frau Schwerdtfeger.«

»Was?«

»Genau, Frau Schwerdtfeger.«

Die Mutter holt die ersten schweren Quitten vom Baum, den Rest holen wir im November, die hohen Quitten hole ich beim Klettern. Der Vater sprüht Gift in die Rosen, die immer noch blühen. Es ist Oktober. Das Kind Nummer 1, das schon eine Weile tot sein sollte, lernt die Lieder von Pink Floyd. Neben dem Kind Nummer 1 sitzt der Junge. Neben dem aufgeklappten Plattencover liegt Langenscheidts Wörterbuch Englisch, daneben das Heft von Clairefontaine, der Füller von Pelikan, der Deckel auf dem Boden.

And you run and you run to catch up with the sun
But it's sinking
Racing around to come up behind you again

Die forsche, nach rechts geneigte Tintenschrift der Schwester:

»Und du rennst und du rennst, um die Sonne einzuholen. Aber sie sinkt.

Sie wandert einmal herum, um dann hinter dir wieder aufzugehen.«

Das Kind hört, liest im Cover, schaut in den Langenscheidt. Der Junge befragt das Kind. Sie zischt: »Still!« Sie sagt »Also …«, hebt die Nadel von der Platte und erklärt. Du versuchst, die Sonne einzuholen, aber die Sonne ist nicht zu beeindrucken. Wer will die Sonne beeindrucken? Die Sonne lacht sich einen Ast.

Die Tintenschrift: »Ich sehe dich auf der dunklen Seite des Mondes. Gemeint / gemeint in etwa: Mach's gut, wir sehen uns bei den anderen Irren.«

All that you touch
And all that you see
All that you taste
All you feel

And all that you slight
And everyone you fight
And all that is now
And all that is gone
And all that's to come

Sie malt ein Herz.

Schließlich: »Alles unter der Sonne ist *in tune* / ist in Stimmung / ist okay.«

»Aber die Sonne wird verdunkelt vom Mond.«

Die Stimme sagt, dass es keine dunkle Seite des Mondes gibt, da beide Seiten dunkel sind. Die Nadel hebt sich von der Platte, sie gleitet mit einem Klack zurück in die Gabel. Wir sitzen da.

Im Garten gehe ich immer zwei Schritte hinter dem Vater, der Gift sprüht. Die Stauden, die Wiese, die Obstbäume, auch die Quitten, die eh bald gepflückt werden, verschwinden im Nebel des Giftes. So auch er selbst, der Vater, den man, wenn er lange sprüht, kaum noch sieht in der Wolke fabelhaft wirksamen Gifts. Die Sache mit dem Gift erledigt er, niemand sonst. Man darf ihn aber begleiten und ihn würdigen. Man verschwindet dann mit ihm im Nebel der Reinigung und Prävention. Er sprüht oft und dies mit Bedacht. Schon die Idee des Schädlings, sich anzusiedeln, muss vernichtet werden. Es geht nicht darum, die Blattlaus zu töten, die Blattlaus darf diesen Garten gar nicht erst in Erwägung ziehen.

Der Satz des Vaters zum Nachbar Kallen, am Zaun: »Jupp, ich sprüh gleich. Meine Rosen brauchen ihr Gift.«

Die lange Pause, bis Jupp Kallen antwortet. »Ja.«

Nach einer weiteren langen Pause, die beide Männer nutzen, um sich zu fixieren, sagt Jupp Kallen: »Ich sprüh morgen.«

Sie rauchen, gucken und sagen nichts. Würde man das zusammenschneiden, wie sie über die Jahre am Zaun stehen, Jupp Kallen und der Vater, wie sie sich dabei ansehen, das Ergebnis wäre ein Film aus tausend Stunden, leicht und vollkommen, die Haltung der Männer, der Rauch im Licht, die Augen, die den Blick des anderen suchen, um darin, im

Blick des anderen *zu ruhen*, all dies würde sich in diesem Film nicht verändern. Still stünden sie in geraffter Zeit aus Jahrzehnten, die Haare erst schwarz, dann weiß, die Kleidung ab- und aufflackernd in diesen und jenen Farben. Ein Liebesfilm.

Nach einer dieser Pausen endlich wieder Jupp Kallen:

»Bei Ströhlein waren Läuse in den Rosen.«

Der Vater ganz schnell: »Ja gut. Dann hat er falsch gemischt.«

In allen Gärten versinkt das Gift. Wolken puffen auf. Aber nur in unserem Garten versinkt das Gift in derartigen Mengen. Das Gift imprägniert unseren Boden bis zum Erdkern. Die Idee, dass das Gift nicht nur Schädlinge, sondern auch uns ruinieren könnte, die Schwester mit ihren Klappen, mich, im Nebel stehend und den im Nebel stehenden, dabei rauchenden Vater bewundernd, diese Idee ist abwegig. Das Gift gilt Schädlingen, nicht uns. Man sollte das Konzentrat nicht trinken, deshalb die Totenköpfe auf der Packung, es ist keine Limonade. Aber wer käme auf die Idee? Man soll Zigaretten auch nicht essen. Raucht man sie, tun sie gut, man kann sich dann gut konzentrieren und Dinge in Angriff nehmen. Maß und Mitte. Solange man mit der Freiheit umzugehen weiß, ist sie eine große Sache. Freiheit erfordert Verantwortung, lehrt der Vater.

Wenn der Vater das Mittel in den gelben Astronauten-Tank gießt (die kleine Plastikflasche mit den Totenköpfen), dann behutsam Wasser aus dem orangefarbenen Gartenschlauch durch einen Trichter, sagt er: »Es entscheidet am Ende die richtige Mischung. Stimmt die Mischung nicht, gehen die Rosen unweigerlich kaputt.«

»Genau«, sagt Jupp Kallen. »Bei Ströhlein stimmte die Mischung nicht.«

Das Gras ist grüner, wie zum Dank. Lob über dieses Gras

aus angrenzenden Gärten, die Blätter der Rosen sind dunkelgrüner, die Rosen stehen gerader, die Blüten leuchten heller, und während Äpfel und Birnen wie jedes Jahr enttäuschen, wachsen erneut Quitten groß wie Handbälle. Steht man in der Sonne des Nachmittags zwei Gärten weiter, bei Wertmüllers, leuchten die Rosen des Vaters wie rote Lampen durch das Grün, von der Bonhoefferstraße 1 bis rüber zu Wertmüllers, 3b. Als sicher gilt, dass die sichtbare Gesundheit dieses Grases, dieser Rosen und der Extraquitten am Giftmischungsverhältnis des Vaters liegt. Der Vater hat den Dreh raus. Die Flora steht steif, rund, heiß und feucht, der Garten zuckt und schmatzt.

Das Zimmerfenster der Schwester zum Garten, unsere Füße schweben vom Hochparterre. Darunter die Welt aus Grün und Gift. Wir sind die früh Gekrönten. Von hinten, aus dem Zimmer, drücken Pink Floyd. Besser man setzt sich nicht zu weit nach vorne. Vor den Rosen steht der Vater, den Doppeltank auf dem Rücken wie die Männer der Apollo, ein rostroter Verbindungsschlauch führt aus dem Tank heraus, an dessen Ende eine Sprühvorrichtung aus Kupfer befestigt ist. Die hält er in der Rechten, und presst er die Hand zur Faust, so schießt zylindrischer Nebel im korrekten Mischungsverhältnis aus dem Rohr. Die hellblaue Sommerhose und die hellblauen Stoffschuhe. *Trage nie schlechte Schuhe.* Ein Hemd aus dunkelblauem Leinen. Ein Bein ist angewinkelt. In der Linken hält er die Zigarette akkurat mit den Spitzen von Zeigefinger und Daumen, die Glut nach innen.

»Willst du mit dem Papi sprühen, Junge?«, ruft er hoch. Ich verstehe ihn kaum wegen der Musik von hinten. Da ich meistens sowieso nicht antworte, auch wenn ich ihn verstehe, dreht er sich nach rechts und ruft auf die Terrasse hoch, wo seine Frau sitzt: »Anneliese, will der Junge mit mir sprühen?«

Sie legt die Zeitung auf die Knie und lächelt. »Frag ihn!«

»Er antwortet nicht.«

Die Mutter verlässt die Terrasse. Sie geht durch das Wohnzimmer, durch den Flur bis ins Zimmer der Schwester, in dessen Fensterrahmen wir sitzen und den Vater im Garten betrachten, der vom Garten aus uns betrachtet, wie wir im Fensterrahmen sitzen.

David Gilmour:

Us and them / And after all we're only ordinary men.

»Willst du mit dem Papi sprühen?«

Ich drehe mich um und zucke mit den Schultern.

»Wir hören P-mp.«

»Bitte?«

»Wir hören M-musik.«

Die Mutter geht zurück durch die Wohnung auf die Terrasse. Sie ruft von hier aus in den Garten dem Vater zu, der erst uns, dann sie betrachtet:

»Die Kinder hören Pink Floyd.«

Er wendet sich um, schiebt die Hornbrille auf die Stirn, tritt millimeternah an den Rosenstrauch, er verfolgt nun die Bahnen des Giftwassers über die Blätter, öffnet eine Blüte, schaut mit einem Auge hinein, zieht an der Zigarette.

Die Früchte des Quittenbaums begründen den guten Klang des Familiennamens im Ort. Die Mutter verschenkt und verkauft Gläser mit Quittengelee. Sie pilgern auf die Bonhoefferstraße 1, klingeln, wie der liebe Herr Kemmet (nur ein Bein sowie taubstumm), der in der Metzgerei Luft rosig hinter der Wurst steht, wenn er nicht geräuschvoll hinten ein Ferkel schlachtet. Man öffnet, und tonlos und freundlich, mit weit aufgerissenen Augen, als hätte er gerade eben erst etwas Entsetzliches gesehen, hält der Schlachter Herr Kemmet in seinem weißen Kittel (über dem Herzen aufgestickt »Metzgerei Luft«) ein Zweimarkstück hin und kriegt ein noch warmes Glas Quittengelee.

»Herr Kemmet!«, brüllt der Vater ins Treppenhaus: »Ein Glas? Zwei?«

»Aöö!«, brüllt der Taubstumme.

»Eins. Hier, Herr Kemmet.«

»Onka.«

»Bitte, Herr Kemmet. Und auf bald.«

»Abaa.«

Das Fenster zum Garten steht offen. Alle hören das Herz. Sie hören die Uhren ticken, die Wanduhren scheppern, die Registrierkasse rasseln. Die Schwester trägt das Cover der Schallplatte umher, aufgeklappt, barfuß geht sie auf dem Teppich durch einen goldenen Tag. Die Ärzte haben prophezeit, dass sie jetzt *wirklich* bald stirbt. Die vom Contergan und also der Firma Grünenthal zerstörten Herzklappen werden scheitern am wachsenden Herzen. *Nutzen Sie die Zeit, Frau Gorkow!* Immer die lauten Stimmen der Ärzte. Wieso sind Ärzte immer laut? Sind wir taub? Sie trägt das Cover vor sich her.

Der Strahl trifft auf das Prisma. Er entfächert sich durch dieses Prisma in die sechs Farben des Lichts. Rot. Orange. Gelb. Grün. Blau. Violett.

Ich kenne den Herzschlag der Schwester aus dem Kinderbungalow der Universitätsklinik. Alle Kinder liegen in einer Reihe, rund 20; ein langer Bungalow, zu einer Seite verglast. Sie schauen in den Garten. Der Professor, ein Mann mit gefletschten Zähnen, reicht mir das Stethoskop. Er drückt den Kopf des Stethoskops auf die Brust der Schwester und lacht. Er brüllt: »Bitte Ruhe! Dieser Befehl ergeht an alle lieben Kinder und an alle schönen Mamas und alle schönen Krankenschwestern!« Der Frotteeschlafanzug, rosa, grün und weiß gestreift, ist hochgeschoben, der blasse Brustkorb, die Narben und Flecken. Alle sind still, die Schwester lächelt, ich höre die

Stöße, auch den Hall der Stöße, es ist bei jedem Schlag, als wenn wer ein leeres Glas über den Holztisch zieht, das ist das Blut, das aus den Klappen schießt, die nicht dort sind, wo sie sein sollen, sondern woanders, und das Blut sucht den richtigen Weg, man kann ihm dabei zuhören.

»Ich höre dein Herz«, sage ich und stottere nicht. Die Schwester schaut zum Professor, dann zur Mutter. Er zieht mir den Bügel vom Kopf. Er ruft: »Dieses Herz ist ein Wunder. Nicht wahr? Ein Unikat.«

Die Stimme, der Schrei, all dies entlädt sich in dem ersten und sonderbaren Akkord von »Breathe«. Ein Mann sagt: *I know I am mad, I've always been mad.* Die Schwester sagt, der Mann glaube, er sei verrückt, die Lieder der Platte handelten davon, wie man verrückt wird. Ich weiß nicht, was verrückt ist.

Ich rufe an gegen die Musik:

»Wo sind sie gerade?«

»Wo ist wer?«

»P-mp … Hink.«

»In London.«

»Wissen sie, dass wir d-da sind? W-wissen sie, dass es uns gibt?«

»Absolut«, sagt sie, dreht die Platte wieder um, Seite A, legt die Nadel auf. Sie schaut in das aufgeklappte Cover, sie ruft:

»David Gilmour, Vocals, Guitars, VCS3
Nick Mason, Percussion, Tape Effects
Richard Wright, Keyboards, Vocals, VCS3
Roger Waters, Bass Guitar, Vocals, VCS3, Tape Effects.«

Im Dorf ist man nirgendwo sicher. Am Friedhof schauen nicht nur die Spitzen der Kupfer- und Steinkreuze über die Ziegelmauer, sondern auch die Engel, sie sind den Jungfrauen aus der »Nacht der reitenden Leichen« ähnlich. Ebenso erstarrt und aus Stein schauen klagende Kinder mit Flügeln über die Mauer, und wenn man sich nicht beeilt, *so verführt man sie zu schrecklichen Taten.* Aus der »Nacht der reitenden Leichen« wissen wir: Die Kreuze auf den Gräbern sind in Bewegung, und zwar, wenn die Toten erwachen und sich strecken, um sich auf den Weg zu machen durch die Erde hoch zu uns, wie The Sweet im Garten. Die Engel aus Stein greifen dann über die Mauer nach den warmen Spielkameraden auf der anderen Seite, nach uns. Zurück bleibt draußen vor der Mauer am Brühler Weg ein Kinderrad oder ein Roller. (Immer wieder kommt das vor, das ist bekannt.) Danach erstarren sie wieder, die Steinkinder mit den Flügeln auf den Gräbern, und die neuen Spielkameraden, wir, gesellen uns dazu, und dann erstarren auch wir auf den Gräbern für immer, denn wir sind angekommen im neuen Reich. Die Amseln und Meisen und Spechte in den Kastanien singen, sie haben alles gesehen. Es war der Nebelmann. Ich sehe mich aus Stein, ich sehe die Mutter vor der Mauer mit meinem Roller in der Hand, sie sucht ihren Jungen.

Fährt man mit dem Roller an der Mauer vorbei: Hier nicht absteigen. Weiterfahren. Die schweren Kastanien auf dem Friedhof stehen dort *nicht umsonst.* Dies weiß die Frau Schwerdtfeger. Jeden Tag trägt die Frau Schwerdtfeger ihre Otto-Mess-Tüten herum und hält Ausschau, um wen zum Reden zu finden. Einmal spricht sie zum Kreidlermofa von Uwe Schneiderdonk. »Was sind die Pläne?«, kreischt Frau Schwerdtfeger das Mofa an. Sie nähert sich dem Mofa. Sie ruft endlich: »Was sehen die entzündeten Augen? Ein Mofa!« Also wankt sie weiter.

Steht man in der Garageneinfahrt, entkommt man ihr nicht. Frau Schwerdtfeger weiß Bescheid auch dann, wenn man sich, um ihr zu entkommen, still verhält. Sie passiert auf dem Bürgersteig die Einfahrt, dann wittert sie. Sie biegt nun links ab in die Einfahrt und latscht auf das Garagentor zu. Davor stehe ich alleine auf meinen Rollschuhen. Ich schaue der Frau Schwerdtfeger in die glühenden Gläser. Sie weiß zu berichten: Wenn die Büdericher schlafen, scharren sich die Toten auf dem Friedhof von unten durch die Erde und schnappen sich die reifen Kastanien, die oben von den Bäumen gefallen sind, denn sie haben Hunger.

»Schnapp!«, schreit die Frau Schwerdtfeger. »Unsere lieben Toten haben Hunger! Weißte Bescheid. Um den Friedhof machen alle lieben Kinder einen Bogen!«

Dann schauen wir uns eine Weile nur an und sagen nichts.

»Weißte?«

»Ja, Frau Schwerdtfeger.«

»Genauuuu«, sagt Frau Schwerdtfeger und wendet sich um.

Die Frau Schwerdtfeger ist überall. Gerade haben wir sie am Küchenfenster gesehen, da erscheint sie vor der Drogerie von Herrn Nietnagel auf der Dorfstraße. Hier redet sie auf eine Frau mit einem Kind ein. Vor der Stirn der Frau weht eine kräftige, dunkle Locke, die Frau wischt immer wieder die Locke zurück. Sie ist genervt. Diese Frau ist meine Mutter, wir haben im falschen Moment die Drogerie Nietnagel verlassen, sodass wir nun in die Frau Schwerdtfeger hineinlaufen.

Lange hatten wir eben noch im tiefen Teppich der Drogerie gestanden. Fast fallen die Frau Schwerdtfeger und meine Mutter vor der Tür übereinander, so aber bin ich zwischen ihnen, der Furchterregenden und der Mutter, die Mutter hinter mir, und vorne rammt mein Gesicht in etwas Mürbes aus Filz, das ist der Mantel von Frau Schwerdtfeger, und oben berühren sich leider die Gesichter der Mutter und der Frau Schwerdtfeger. (Die Mutter, die sich über den Mund wischt und »Mein Gott!« ruft.) Nicht mal für die blinde

Frau Schwerdtfeger gibt es noch Zweifel: Das ist die Frau Gorkow, diesmal ist es sicher. Die Brille ist verrutscht. Sie jauchzt.

»Die schöne Frau Gorkow. Parfüm am Kaufen?«

Sie langt mir ins Gesicht und kneift zu. Ich ziehe den Lolli aus dem Mund und reibe mir über die Wange.

»Lolli am Lutschen?«

Ich sage nichts, die Mutter auch nicht.

»Lolli am Lutschen?«

»Frau Schwerdtfeger, auch unterwegs?«, sagt die verbitterte Mutter.

»Genauuuu.«

Die Mutter kramt in der Dunhill-Packung nach einer Zigarette, gleich werden wir im R4 sitzen, sie braucht nach der Sache mit der Frau Schwerdtfeger eine Zigarette. Da legt die Frau Schwerdtfeger los von der Frau Hackenbruch von der Niederdonker Straße und dem *Schicksal* der Frau Hackenbruch. Die Mutter weiß nicht, von wem die Rede ist.

»Ich kenne die Frau Hackenbruch nicht, Frau Schwerdtfeger«.

»Doch.«

»Nein.«

»Doch.«

Weiße Furnierholztresen stehen sicher und für immer im Teppich der Drogerie Nietnagel, unter dem Glas der Tresen die Auslage mit Sonnenbrillen und *Pflegelinien*. Darunter Schubladen mit weiteren Produkten. Du kannst alles erwerben. Du musst dich nicht konzentrieren. Du kannst kaufen. Und da ist die junge Frau Saatkamp. Die junge Frau Saatkamp ist die neue Frau von Herrn Nietnagel. Plötzlich war die junge Frau Saatkamp da, und die nur etwas weniger junge Frau Nietnagel, die dritte Frau von Herrn Nietnagel, war weg. Von den ersten beiden Frauen von Herrn Nietnagel war hier und da die Rede. Die zweite war zu einem anderen Drogerie-Besitzer nach Kaiserswerth gezogen, Herrn Früth. So stand diese jetzt in der Drogerie Früth auf der anderen Seite des Rheins (in etwa aber selber Rheinkilometer), die erste lebte noch bei uns im Dorf, aber sie war schon alt, ungefähr so alt wie Herr Nietnagel. Hier und da sah man sie mit einem kleinen Hund still, langsam und akkurat über die Dorfstraße gehen.

Die Schwester sagt, in der Drogerie Nietnagel kaufen Tussis. Man muss sich entscheiden. Man kann kaufen und sich einsprühen, oder man konzentriert sich auf seine Aufgaben. Beides zusammen geht nicht. Tritt man ein in die Drogerie, ist man für den Moment in Sicherheit. Lavendel, Moschus, Leder. Seifen, Essenzen, Öle. Geruchs- und Gesundheitsverbesserung. Schleifen, Kartonagen, Schraubverschlüsse aus Kristall, Paris, Mailand, Rom. Es gibt bei Nietnagel für alles eine Lösung. Der jagdgrüne Jaguar XJ wird jede Woche, wie Herr Nietnagel betont, poliert und in Schuss gehalten bei Esso auf der Düsseldorfer Straße, und so steht der bei Sonne schon von Weitem chromblendende Wagen mit den cremefarbenen Ledersitzen lichterfüllt vor der Drogerie Nietnagel. Der Vater und Herr Nietnagel reden in knappen Sätzen miteinander. Wie immer, wenn der Vater bei Herrn Nietnagel das Dunhill-Rasierwasser kauft (die gelbe viereckige Flasche, die es nicht mehr gibt) oder eine neue Zahnbürste (die immer endlose Zahnbürstenberatung durch Herrn Nietnagel), rauchen er und Herr Nietnagel in der Drogerie ihre Zigaretten. Als beim letzten Mal die junge Frau Saatkamp nach hinten eilte, um den Kristallaschenbecher zu holen, das Geflüster, das ernste Gesicht des Vaters, der inhaliert, und Herr Nietnagel, der rüber zu Frau Saatkamp schaut und dann zum Vater leise sagt, er habe im Jaguar die *neuen Liegesitze eingeweiht.* (Das versteinerte Gesicht des Vaters.)

»Na, Spatz! Möchtest du einen Lolli? Wie geht es denn deiner Schwester?«

Die weißen Zähne von Frau Saatkamp, der rote Mund. Ich vergleiche sie mit Manuela von der Stadtentwässerung Düsseldorf-Nord. So oder so, denke ich, ist die Frau Saatkamp eine bedrohte Jungfrau. Sie wird bei Herrn Nietnagel in Sicherheit sein. Es sei denn, er ist ein Templer, und wir ahnen es nicht.

»Was sagt man?«, fragt die Mutter, als ich den Lolli in den Mund stecke.

»D-danke.«

»Bitte!«, ruft Frau Saatkamp: »Stotterst du? Du musst doch hier nicht stottern!«

Vor der Drogerie weist die Frau Schwerdtfeger weiter darauf hin, dass die Mutter die Frau Hackenbruch kennt.

»Nein, Frau Schwerdtfeger.«

»Doch!«

Wenn sich die Frau Schwerdtfeger aufregt, werden ihre Augen heiß. Ich denke, dass es bei Heino mit seinen verrückten roten Augen sicher auch so ist. Wenn der Nebelmann mich schnappt, werde ich ihn nicht provozieren. So habe ich womöglich eine kleine Chance.

»Die Frau Hackenbruch!«

»Nein, Frau Schwerdtfeger, die kenne ich nicht.«

»Doch!«

Sie wirft die Arme in die Luft und ist aufgebracht. »Die Frau Hackenbruch! Heißmangel Hackenbruch! Niederlöricker Straße!«

»Nicht meine Heißmangel, Frau Schwerdtfeger. Wir sind zum Mangeln bei Herrn und Frau Wermelsdonk. Ich muss jetzt mit dem Jungen …«

»Die Frau Hackenbruch hat Krebs!«, schreit die Frau Schwerdtfeger: »Alles voller Metastasen, sagen die Ärzte.«

»Ich kenne die Frau Hackenbruch aber gar nicht, Frau Schwerdtfeger«, sagt die Mutter, und »das tut mir aber leid mit dem Krebs«.

Die Frauen sehen sich an.

»Der Herr gibt, der Herr nimmt!«, schreit die Frau Schwerdtfeger dann, und: »Die Frau Hackenbruch sehen wir nicht wieder. Die kann nicht mehr vor die Tür. Herr Hackenbruch sagt, seine Frau ist kein Anblick.«

»Auf Wiedersehen, Frau Schwerdtfeger.«

»Genauuuu.«

Die Alte hören wir noch, da sind wir schon auf dem Weg Richtung Marktplatz, wo der R4 steht: »Wie geht es denn dem Kind daheim?« Dann sieht sie etwas oder irgendwen. Vielleicht ist es aber auch nur ein Blatt im Wind. Sie ruft: »Die schöne Frau Gorkow! Parfüm am Kaufen! La dolce vita!«

Das Licht auf der Straße. Vom Rhein her weht über die Felder der warme Wind des Herbstes. Darüber immer wieder, verlässlich, die dunkle Glocke der katholischen Kirche. Hier regiert der Pfarrer Magen.

Monster

Es gibt Gute, Unverdächtige und Monster. Gut sind wir, Claudette ist gut, Werner Schmalenbach, die Hütts vom Pfarrhaus am Ende der Straße, Hubi, alle gut. Zwischen unverdächtig und gut: Julio Iglesias. Der Spanier gleitet bei Rainer Holbes »Starparade« im ZDF eine Treppe hinab, ein neben der Treppe stehender Chor haucht, und er singt zum Orchester von James Last »Un canto a Galicia«. Ich bin sogleich (und bis heute) wehrlos, also hingerissen.

Die Mutter: »Was für ein schmucker Mann.«

Der Vater schaut ernst und lange auf Julio Iglesias im Fernseher, er sagt »Lackaffe«, und dann, nach einer Pause: »Natürlich ein Könner.«

Die Schwester verfolgt alles stumm, irgendwie erweckt das Vibrato auch in ihr eine Sehnsucht, aber wäre Julio Iglesias der Richtige, um in den Kampf zu ziehen gegen das Establishment?

Die Monster sind überall. Sowieso unter dem Bett, wo sie sich für die Kinder aufsparen, bis das Licht ausgeht. Es sind aber auch Monster im Keller beim Dampfkochtopf, im Garten unter der Wiese. Zusätzlich sind einige im Dorf unterwegs. Sie treiben sich herum.

Zu den Monstern unter dem Bett: Hier befinden sich vor

allem Heino, der Nebelmann (wahrscheinlich), Frank Zappas Begleitband, die Mothers Of Invention (ziemlich wahrscheinlich, tagsüber sind die Mothers mit der Besorgung weiterer Zutaten für die Brühe beschäftigt), The Sweet (vielleicht, ihr Revier aus bunten Dosen, Flaschen und Tuben, aus Messern groß und klein und haushohen Schuhen aus Lack befindet sich vor allem unterhalb des Gartens, Parkhotel hin oder her, Manuela von der Stadtentwässerung kennt nur einen Teil der Wahrheit). The Sweet trugen im Fernsehen eben noch weiße Hemden und Brian Connolly dazu ein gelbes Hemd mit Fransen. Sie sahen artig aus und sangen das liebe Lied »Coco«. Aber die Lage hat sich verschärft, sie sind jetzt in Lackkleidern unter der Erde unterwegs, »Coco« war einmal. Neu eingetroffen ist Rainer Barzel, der Würger. Auch er verbringt die Zeit bei Tageslicht an anderer Stelle, in seinem Fall ist es eine Art Zentrale: Bonn.

Wo Barzel steckt, weiß im Fernsehen ein dicker Mann mit dichtem Haar, tiefem Scheitel und einer Hornbrille. Der Mann heißt Gerhard Klarner und spricht die »heute«-Nachrichten im Zweiten Deutschen Fernsehen. Ich ahne, was der Vater weiß, und zwar, dass man sich auf Gerhard Klarner verlassen kann. Was er sagt, wird so unmissverständlich, eigentlich übellaunig zum Ausdruck gebracht, dass es keine Zweifel am Wahrheitsgehalt der Nachricht gibt, der von Klarner ersichtlich genau geprüft worden ist. Es handelt sich nicht um Ansichtssachen, sondern um Informationen, und wer vor Gerhard Klarner Platz nimmt, wenn er auf dem Schirm erscheint, der reißt sich zusammen. Neben Klarner steht links ein Telefon, das nie läutet. Ich frage mich, ob man Klarner anrufen kann. Wir würden Klarner noch während der Sendung anrufen, er unterbräche seine Nachricht, ginge an den Hörer, und wir hörten und sähen zugleich, wie er »Klarner!«

ruft und »Ja, bitte?!«. Wir würden in Kontakt treten. Den Kontakt könnten wir danach, wenn er nicht mehr die Nachrichten vorlesen muss, ausbauen. Der Vater hätte einen neuen Freund. Sie würden über die Rosen reden oder sogar *fachsimpeln.*

Ich fixiere das Telefon.

»Haben wir seine N-nummer?«

»Ssssch! Der Papa schaut die Nachrichten.«

Eines Tages verschwindet das Telefon vom Tisch der »heute«-Nachrichten. Klarner ist nicht mehr erreichbar. Er ist nun endgültig alleine.

Der Vater und Klarner schauen sich um 19 Uhr in die wissenden Augen. Klarners Augen sind streng, warm und ohne jede Hoffnung. Sie sagen: »Mach dir keine Illusionen.« Die Augen des Vaters antworten: »Natürlich nicht, Gerhard.« Erst jetzt, nach dieser Verständigung, zu der der Vater zum ersten Mal an der um 18.59 Uhr entzündeten Zigarette zieht, geht es los.

Es darf nicht nur nicht gesprochen werden während der Nachrichten, es hat, wenn Klarner spricht, überhaupt jedes Geräusch außer dem knappen Schnalzen des Feuerzeugs zu unterbleiben (Löffel auf Teller legen, *mehrmaliges* Schnalzen eines untauglichen Feuerzeugs, Flasche entkorken, Niesen, leise Selbstgespräche der Mutter über den Anblick, den die Politiker aus Bonn bei ihr hinterlassen). Hört der Vater, während Klarner spricht, ein Geräusch, hebt er die linke Hand mit der Zigarette in die Luft. Er ruft »Ruhe!« und »Ich schaue die Nachrichten!«. (Die Eigenart des Vaters, zu sagen, was er gerade macht, obwohl man es sieht. Befürchtet er, dass man ihm nicht glaubt? *Ich schaue die Nachrichten. Ich sprühe die Rosen. Ich telefoniere mit Geibisch in Löffingen.)*

Gehe ich vom Garten durch das Wohnzimmer in den Flur, hebt sich, während ich das Wohnzimmer quere, die

Hand, er ruft: »Ruhe!« Sagt die Mutter aufgeräumt »Ich mache mir einen Campari«, winkt die Hand mit der Zigarette über seinem Kopf, er ruft: »Ich schaue die Nachrichten!« Sagt die Mutter nun »Gott, Rudi«, schüttelt er den Kopf, hält die linke Hand mit der Zigarette weiter in die Luft, die rechte Hand hinter das Ohr, um die Ohrmuschel zu vergrößern. Er brüllt »Was hat Klarner gesagt? Was plant Giscard?«. Einmal rast er während der »heute«-Sendung aus dem Wohnzimmer in den Garten zu den Rosen, da er den Bericht über eine Tarifauseinandersetzung zwischen dem Arbeitgeberpräsidenten Hanns-Martin Schleyer und dem Gewerkschaftsfunktionär Eugen Loderer nicht ungestört verfolgen konnte. Ich bin fasziniert von dem Namen des Gewerkschafters und sage immer wieder leise und stottere fast nicht: »Eugen Loderer.«

Er wird rot und eilt aus dem Wohnzimmer.

Gerhard Klarner sitzt an einem Tisch mit zwei schmalen Mikrofonen, hinter ihm steht, ich lese es langsam vom Bildschirm ab: heute. Klarners Gesicht ist rechts im Fernseher. Erscheint nun links oben hinter Klarner das Foto von Barzel, so hat man zwei flächige, ernste Männergesichter auf dem Schirm. Klarner rechts unten, Barzel links oben. In weißen großen Buchstaben auf schwarzem Grund steht unter Barzel: Barzel. Eine Sekunde vergeht. Zwei Sekunden. In dieser Zeit prägen wir uns den abgebildeten Barzel ein. Die Schwester sagt tonlos »Barzel, das Monster«. Der Vater ruft »Ich schaue die Nachrichten!«.

Klarner atmet ein. Er wendet sich seinem gelben Blatt zu, er schaut auf das Blatt.

Kurz scheint es jetzt, als wäre er verblüfft über das, was er dort lesen muss. Er stutzt. Er schaut wieder hoch zu uns. Jetzt, ganz plötzlich ruft er: »Bonn!«

Immer nach »Bonn!« atmet Klarner erst einmal aus. Lange

und hörbar. Als ob Luft aus einer müden, nicht mehr prallen Luftmatratze entwiche. Klarner ist erschöpft.

Als wäre eine ganze Welt vergangen.

Barzel, Bonn, wer ahnt, was Klarner durchmacht. Er trägt schwer an *Zusatzinformationen*, von denen er uns verschont. Er weiß mehr, als er sagt. Er ist wie Claudette, wissend. Aber sie, von der mich das Fräulein Lehrerin getrennt hat, ist schmal, klein und schön, und sie lächelt. Klarner hingegen schaut traurig, mitunter entsetzt. Nur am Ende der Sendung, beim Abschied vom Vater, weht die Andeutung eines matten Lächelns über sein Gesicht. Was er auch immer mitgeteilt hat, er hat es nicht böse gemeint. Menschen haben Informationen. Sie bekommen dann müde Augen und sagen nur noch das Nötigste.

Wenn es dunkel wird, verlassen die Monster ihre Standorte und reisen unter das Bett. Sie finden dort alle Platz. Der Raum unter dem Bett ist ein Loch, in das das Kind fällt, ohne je aufzuschlagen, hier gibt es nur noch Hände, Gesichter, Messer und Töpfe, alles ist ohne Ufer, Boden und Wände, es ist eine Reise, deren Ende Barzel bestimmt, nicht der Raum. Die Hände Barzels sind wattig und doch stark, sie würgen das Kind. Die Hände der Mothers Of Invention sind dünn und hart, sie ziehen das Kind im Nullkommanichts vom Laken ins dunkle Reich kalter Musik. Wichtig ist, die Schwester sagt es immer wieder, nicht hinunterzuschauen. Kopf, Hände und Füße des nach Frische und Behaglichkeit duftenden Kindes haben nach Einbruch der Dunkelheit oben auf dem Bett zu verbleiben. Nichts darf in der Nacht aus dem Bett ragen oder vom Bett herunterhängen.

Nächste Regel: Nicht einschlafen. Wer schläft, ist verloren.

Ich liege auf dem Bett und schaue an die Decke. Ich sage »B-barzel«. Ich wiederhole, ohne zu stottern: »Bar. Zel.«

Ich sage: »Leise, leise, leise.«

Ich flüstere: »Bar. Zel.«

Jetzt hauche ich nur noch: »Bar. Zel.«

Was sich unter mir abspielt, ist bekannt, da muss ich nicht gucken. Sie knuspern und kichern. Barzel fällt etwas aus der Reihe. Er nölt aus der Ferne. Der endlose Raum reicht bis nach Bonn und dann weiter. Hinter Bonn ist das Siebengebirge, sagt die Schwester. Furchtbar, denke ich, das Siebengebirge. Hexen auf Besen, Barzel und die Hände, Töpfe mit Ventilen, Köpfe auf Spießen, Nebelmänner, *misty master* und Stromleitungen, verlegt hinein ins Gehirn. Roger Waters singt: *If I go insane, please don't put your wires in my brain.* Die Schwester übersetzt es, bevor ich ins Bett gehe.

Barzel: Das runde Gesicht, die gepolsterte, dabei undurchsichtige Stimme, der schwarzweiße Herr. Die Schwester hat recht, etwas stimmt nicht mit ihm. Ich wähne ihn in derselben Monstergruppe wie den Impresario Heck, der im Fernseher mit Nebelmann Heino gemeinsame Sache macht. Muss Heino nicht zu Heck in den Fernseher, um dort zu singen, wohnt er bei uns im Keller beim Dampfkochtopf. Dort schreitet Heino mit seiner Holzgitarre aufgeräumt umher und wartet, bis es dunkel wird. Wird es dunkel, huscht er durch das Treppenhaus in unsere Wohnung. Lässt die Mutter die Wohnungstür offen, während sie mit Frau Kothen in der Waschküche schwatzt, schließe ich sofort die Tür. Die Mutter nimmt nie den Schlüssel mit in die Waschküche und muss jedes Mal läuten.

Ich frage durch die Tür: »Wer da? Sie w-wünschen?« Sie, immer wieder, jeden Tag, mit dem Wäschekorb: »Mach auf, Mensch, Junge!«

Barzel wirkt zunächst harmlos. Doch die Schwester weiß: Heck ist ein Witz, Heino ein gewöhnlicher Massenmörder.

Barzel aber ist ein Monster. Heino ist Bodenpersonal, Barzel ist die Instanz. Wenn Klarner oben das Bild Barzels zeigt, »Bonn« sagt, stutzt und ausatmet, weiß Heino unten im Keller beim Dampfkochtopf: Es geht los. Hinter der Sonnenbrille glühen die Augen des tödlichen Barden, vergnügt sitzt er beim Topf, horcht und macht sich auf den Weg.

Alle sind entsetzlich.

Heino, der fipsige Mann, erscheint erstmals ohne Vorwarnung an einem Sommertag, als ich mit der Schwester die ZDF-Hitparade schaue. Dünn, zugleich fleischig, stolziert er durch das Publikum, ein roter Kragen über dem braunen Anzug, oben das helle Gefieder, erst darunter die eigentliche, bleiche Person mit der geschürzten Schnute.

Ich ducke mich in den Sessel.

Wieso spricht aus der abgewetzten Kreatur diese stattliche Stimme? Hier spricht ein Bär aus einem Huhn. Offenbar ist Heino ein Medium. Er trägt einen kümmerlichen Strauß Rosen durch die Reihen, der ihm sofort, nachdem er loslegte, von einer Zuschauerin überreicht wurde.

»Wieso schenkt die Frau ihm B-blumen?«

Die Schwester: »Sie muss es tun. Sie kommt sonst in den Ofen.«

»Ist sie eine Hexe?«

»Nein, er ist ein Monster.«

Heino brüllt: *Sie war das allerschönste Kind / Das man in Polen find.*

»W-wo?«

Der Vater erscheint im Wohnzimmer. Er ruft: »Anneliese!«

»Was ist?«

»Anneliese, wieso schauen die Kinder diese Sendung?«

Keine Antwort.

»Anneliese!!«

»Wieso fragst du mich das, Rudi? Mach sie doch aus!«

»Wieso zeigen sie im Fernsehen diese Sendung?«

»Woher soll ich das wissen?«

Heino brüllt: *Aber nein, aber nein sprach sie / Ich küsse nie!*

»Das musst du dir vorstellen. Was singt er da von Polen?« Der Vater glotzt auf den Schirm. »*Das Polenmädchen.* Gemeingefährlich ... Anneliese?«

Ich rufe: »Ich habe Angst!«

»Wieso schauen die Kinder diese Sendung?«

»Mach sie aus, Rudi.«

»Ich frage dich etwas, und du gibst mir diese Antwort!«

In einem Polenstädtchen / Da lebte einst ein Polenmädchen.

Eingeblendet wird: »Heino, 5351 Ülpenich.«

Ich lese und sage: »Ülp...«

»Ülpenich.«

»Was heißt das?«

»Das ist seine Adresse.«

»Man kann ihn b-besuchen?«

»Ja. Besuch ihn. Es gibt Kaffee. Und Kuchen. Und dann tötet er dich.«

Ich lud sie ein zum Tanze / Da fiel aus ihrem Kranze ein Röslein rot! (Die scheel und verbogen wirkende Bevölkerung in den Sitzreihen, das Klatschen im Takt.)

Die Schwester sagt, Heino sei ein Nationalsozialist. Ich weiß nicht, was ein Nationalsozialist sein soll.

»Gehört er zum Estab...?«

»Als Nationalsozialist gehört er einwandfrei zum Establishment.«

Sie erläutert, dass es sich bei Heino um einen Menschen handelt, der Wanderlieder singt und dabei alles abfackelt. Erst vor wenigen Jahren habe seinesgleichen Polen überfallen, ein anderes Land. Dabei habe sich Heino in ein *junges*

Mädchen verguckt, nämlich in *das allerschönste Kind.* Heino sei ein Wiedergänger, er sei die gerechte Strafe. Gefahr, zugleich Ermahnung gegen das Vergessen. »Die Menschen in Deutschland haben sich Heino erarbeitet.«

Ich verstehe nichts.

»G... gibt es mehrere von ihm?«

»In Deutschland ja. Viele.«

»Und woanders?«

»Woanders gibt es Pink Floyd.«

Die Verbrechen der Nazis, Ausrottungen in Lagern, verbrannte Haut, ausgeschossene Augen, wie die Schwester in Ruhe weiterdoziert, um mir alles anschaulich zu machen, damit ich nachts weiter drüber nachdenken kann, all dies ist das Werk Heinos und seiner Freunde: »Sie haben endloses Leid über die Welt gebracht, nun laufen sie wieder frei herum.«

»Sehen sie alle aus wie Heino?«

»Vielleicht in Ülpenich. Sonst nicht. Guck ihn dir an!«

Der freche Heck übernimmt, um den nächsten Interpreten anzukündigen. Heino verschwindet winkend in der Dekoration. Dort hinten wird Heino ans Kabel angeschlossen und neu aufgeladen. Wie die Robotermenschen in dem Film »Westworld« mit Yul Brynner bei den Horstbroichs im Kino. Die Pupillen einer schönen Frau hatten, als sie lange genug geschmust hatte, rot aufgeleuchtet. Bemerkenswert. Heino ist nicht gekommen, um zu schmusen. Würde Heck ihm verbieten zu singen, würde Heino Hackfleisch aus Heck machen.

»Wie erkennt man sie, w-wenn sie nicht aussehen wie Heino?«

»Man erkennt sie daran, dass sie besonders nett aussehen, mein kleiner Schatz. Die meisten sehen harmlos aus.«

»Wie denn?«

»Wie Tanten und Onkel.«

»Wie Onkel Heinrich aus S-solingen?«

»So in etwa.«

»Ist Onkel Heinrich N-nationalsozialist?«

Sie denkt nach. Wenn, dann durfte Onkel Heinrich keine Milde erfahren. Es laufen noch zu viele frei herum, überall im Land, auch in Büderich, mit Armen in Schlaufen und Augenklappen glotzen sie einäugig aus Autos und brüllen in den Straßenverkehr, den sie nicht mehr bewältigen. Sie schreien im Hofgarten herum. Verlässlich kommen, wenn wir auf dem Feld an der Düsseldorfer Straße kicken, *alte Männer*. Die große Zahl an alten, bösen Männern ist niederschmetternd. Sie hocken in winzigen Wohnungen in kleinen und immer noch kleiner werdenden Straßen Richtung Heerdt, in denen es nach Kohl und Fett riecht. Wortlos schmeißen die Alten, wenn sie auf dem Weg zum Feld sind, der Griechin vom Büdchen am Deutschen Eck ein paar Mark und Pfennige ins Tellerchen vom »Express« und holen sich Reval. Sie spazieren zum Feld, wo sie, da sie eh unterwegs sind, mal nach dem Rechten schauen werden. (Die Felder zwischen den Gemeindehäusern der Kirche und den Straßen.)

Einer schaut lange, er kommt von oben, von der Esso-Tankstelle, er trägt die gleiche Tüte wie die Frau Schwerdtfeger, »Immer frisch! Otto Mess!«. Darin braunrote Flaschen (Diebels Alt). Er schaut, dann latscht er zu uns aufs Feld, die Böschung runter. Er kommt aus dem Gleichgewicht und fällt. Es klirrt. Er liegt zwischen den Brombeersträuchern und dem hier reingewehten Müll, den leeren Packungen, Attika, Reval, Ernte 23, den rostigen Dosen. Wir gehen nicht hin. Noch im Liegen umklammert der Alte mit der Rechten den Griff der »Immer frisch! Otto Mess!«-Tüte, in der jetzt Bier schwimmt, weil Diebels-Flaschen zersprungen sind. Dann schaut er hoch, knapp über das hohe Gras. Ich suche den linken Arm. Der linke Ärmel vom Parka ist leer. Andere Männer vom Feld, vom Schützenfest, von Otto Mess, von der Pommesbude haben nur ein Bein, das ist eh der Klassiker: nur ein Bein. Wie Herr Kemmet von der Metzgerei. Oder beide Beine sind weg. Dann kommen sie fix angerollt. Ihm aber fehlt der Arm.

Der Alte richtet sich auf im Gras, mit der Rechten stützt er sich auf die Tüte statt aufs Gras, rein mit der Hand in die Scherben der Flaschen. Das Blut läuft in zähen Bahnen auf die Tüte, ins Bier, ins Gras. Der Alte guckt auf das Blut. Er ruft »Grazyna!« und »Fotze!« und dann, nachdem er lange in Richtung der hohen weißen und evangelischen Betlehemkirche geschaut hat, schreit er: »Jaaaaaa.« Grazyna. Womöglich ein Name. Fotze? Nie gehört.

Zunächst betrachten diese Männer normalerweise die Kinder, ihre leuchtenden Gesichter und den umherfliegenden Ball. Der eine oder andere Spielzug gefällt ihnen, und es kostet nichts, sich das anzusehen, während die Sonne ohnehin auf alles scheint. Das Bier kostet, die Sonne ist kostenlos, der Hass auch. Die Kinder riechen das Gras, süß, bitter und gesund, wenn sie auf dem Bauch liegen. Nach wenigen Wochen besteht der Ball nicht mehr aus den schwarzen und weißen Sechsecken wie die Bälle auf den Fotos aus der Bundesliga, auf denen elegante Männer schwungvoll erstarren. Unser Ball, obwohl ein *Bundesliga Originalball,* ist nach wenigen Nachmittagen auf dem Feld aus nacktem rauem grauem Leder. Als Torwart kannst du den Ball nun besser greifen. Der Vater wird sagen, dass der Ball *eingefettet gehört,* da das Leder sonst *unweigerlich aufspringt,* der Vater wird diese Aufgabe in einer langen Sitzung im Garten, den Korbstuhl und das Schuhputzzeug im Zentrum der Wiese, selbst übernehmen, da es sonst keiner macht, noch mal kauft er den teuren Bundesliga

Originalball nicht. Er wird den Ball, nachdem dieser *geruht* hat, polieren und ihn aufpumpen.

»Rudi, kommst du essen?«

»Ich pflege den Ball.«

An was erinnern sich die alten Männer damals, wenn sie eine Wiese sehen? Aufmerksam folgen die Männer jedenfalls den Flugbahnen des Balls. Dann sieht es immer so aus, als ob sie weitergingen, es ist ja doch langweilig. Plötzlich gehen sie dann nicht weiter. Erst verharren sie nur. Das ist der Moment, in dem sie, wenn sie nicht zuvor gestürzt sind, losmarschieren auf das Feld zu den Kindern. Sie brüllen, dass sie die Polizei holen, wenn die Kinder nicht vom Feld verschwinden. Die Kinder schauen, eins hat den Ball unterm Arm.

»Runter vom Feld! Ich hau euch tot!«

»Wen stören wir?«

»Ihr macht das Feld kaputt! Das ist *Bauerwartungsland!* Runter vom Feld! Ich hau euch tot! Ihr braucht in die Fresse, was?«

»Sind Sie Nazi?«

Trifft man einen Alten, wird er schreien.

»War Onkel Heinrich N-nationalsozialist?«

»Glaube nicht, dass Onkel Heinrich Nazi war. Andererseits vielleicht doch.«

»Ja oder n-nein?«

»Der Papa sagt, Onkel Heinrich war Nazi und hat versucht, mit der Mama zu bumsen, als sie jung war und Hilfe brauchte in Solingen nach dem Krieg. Die Mama sagt, der Onkel Heinrich war kein Nazi, und er hat nicht versucht, mit ihr *zu schmusen.*«

»Und jetzt?«

»Aussage gegen Aussage.«

Wieso, überlege ich, hätte Onkel Heinrich mit der Mutter schmusen sollen? Und wieso sie mit ihm?

Onkel Heinrich ist neben dem Bissier-Experten Werner Schmalenbach mein zweiter Patenonkel. Der Vater sagt, anders als Onkel Werner, der *weltläufig* ist und von dem ich etwas lerne über Bissier und anderes, ist Onkel Heinrich wenig ergiebig. Onkel Heinrich lebt in der alten Heimat der Mutter, in Solingen. Er ist ein alter Mann mit, natürlich, einem Stock, dabei leise und genau, er lebt in einem dunklen Haus voller Eisenskulpturen. Er ist stattlich und sieht Curd Jürgens äußerst ähnlich, die blonde gravitätische Gestalt, die blauen Augen. Als Curd Jürgens als Nazi im Fernsehen auftaucht, rufe ich: »Da ist Onkel Heinrich! Er spielt in einem Film m-mit!«

Rechts stützt sich Onkel Heinrich auf den Stock, mit links weist er mal auf diese, mal auf jene in der Dunkelheit ruhende Skulptur und erzählt. Fahre ich mit der Mutter nach Solingen zu Onkel Heinrich, bekommt der Vater einen schmalen Mund. Er möchte keinesfalls mit zu Onkel Heinrich nach Solingen und sprüht in der Zeit Gift im Garten.

Kalt und leer stehen im Haus von Onkel Heinrich nackte Menschen aus Eisen herum mit kräftigen Brüsten und Waden, ein Mann zeigt mit seinem Kinn auf den Horizont, ein Arm steht ab, an dessen Ende er eine Scheibe umklammert, die er von Solingen bis in den Himmel wirft oder wer weiß wohin. Die Schwester sagt, als es um den Mann mit der Scheibe im Haus von Onkel Heinrich geht: bis nach Polen. Onkel Heinrich nimmt mich an der Hand, er redet von *den Griechen* und von *der Schönheit.* Er fragt mit einem Mal, ob ich, wie die Schwester, *Beatmusik* höre. Ich entgegne auf alles: »Ja.« Vor einer der Skulpturen bleibt er stehen, er mustert mich.

»Du sagst immer Ja.«

»Ja.«

»Schon wieder. Nach jedem meiner Sätze: Ja … Ja … Ja.«

(Die Stille im Haus.)

Er sagt: »Du bist eilfertig.«

Eine Pause. Dann: »Sei weniger eilfertig.«

(Ich merke mir ein neues Wort: eilfertig.)

Wir gehen in die Küche, er zeigt auf die heiße Schokolade neben dem Herd: »Diese Schokolade habe ich speziell für dich aufgebrüht. Du musst sie hinaustragen. Ich kann es nicht.« Er linst ins Wohnzimmer, wo die Mutter sitzt, raucht, wartet und an einer Laufmasche ihrer Seidenstrumpfhose herummacht, sie fuchtelt an der Naht und zischt irgendwas.

»Die Mutter ist schön wie eh und je. Und du kommst nach ihr.«

Er schaut hinunter: »Hörst du zu, Junge?«

»Ja.«

»Feminin.«

Ein weiterer Fachbegriff.

»Du liebst die Mutter, Junge?«

»Ja.«

»Den Vater?«

»Ja.«

»Wobei die Mutter einen klassischen Gesichtsschnitt hat. Feminin. Fraulich. Dabei nicht weibisch … Der Schnitt der Mutter ist klassisch. Die Mutter ist ein starker Charakter.«

Ich schweige. (Der Wunsch, dass die Mutter sich meldet und seine Aufmerksamkeit erregt, sodass ich mich hinsetzen und einfach nur schauen kann.) Auf der Schokolade ist ein dünner Film.

»Du sei mal nicht so eilfertig – sag nicht immer Ja!«

»G-genau.«

»Stotterst du?«

Die Schwester sagt, als wir Heino bei Heck sehen: »In Polen sind wir einmarschiert. Wir haben alles niedergebrannt und die Menschen ermordet. Erwürgt. Erschossen. Verbrannt.«

Sie sagt: Heino ist ein Faschist. Was immer ein Faschist sein soll, es klingt, wenn man, wie die Schwester, die Vokale weglässt und nur »Fschsssst« zischt, nach dem, was unter dem Bett wohnt. Sie sagt »Fschsssst« und »Fschsssssms«. Ich liege da, soll schlafen und frage den Vater, was Faschismus ist, er verharrt an der Jalousie, dreht sich um: »Wer hat dir das beigebracht?«

»Sie sagt, Heino ist ein F-faschist.«

»Deine Schwester weiß nicht, was Faschismus ist.«

»M-marschieren, erwürgen …«

»So, jetzt schlaf mal, Junge. Träum süß / Von Zucker und Anis.«

»Ist Heino ein F-faschist?«

»Er ist kein Faschist. Er ist ein Idiot.«

Wohnt Heino tags im Keller, so leben die Mothers Of Invention, solange es draußen hell ist, in der Garage beim Citroën. Wie Katzen lecken die Mothers Of Invention hier das Motoröl vom Boden. Es stärkt ihre Fingernägel, Knochen, Haare und auch die Hosen. Nachts kochen die auffallend vergnügten Mothers kleine Kinder aus, tagelang. Sie benötigen Kräuter, dazu Rinde, alte, unbenutzte Tapete (einige Rollen hängen an Stangen an der Wand der Garage über dem Citroën), sie fügen zermahlene Steine hinzu, Staub, die leeren Plastikhüllen der Schlauchmilch von Otto Mess, natürlich einige Esslöffel Motoröl, all dies kommt mit nicht zu viel Wasser und je einem frischen Büdericher Kind in den Topf über das Feuer. Die Haut des Kindes ist angeritzt, bevor es in den Sud gelegt wird. Die Mothers Of Invention schätzen den mopsigen, runden Kindergeschmack, der erst dann entsteht, wenn das Kind lange genug kocht, nur so binden sich die wichtigen Wirkstoffe aus den Kinderknochen ans Fett, nur so finden diese Wirkstoffe dann ins Blut der aufgeräumten Mothers.

Dann Manuelas Helden: The Sweet. Sie wohnen in ihrer Höhle unter unserem Garten. Erdhügel zeugen davon, dass sie mitunter hinauskommen, um nach dem Rechten zu sehen. Die Schwester: »Die Erdhügel sind von The Sweet. Sie wohnen unter der Wiese. Zwischen Schaukel und Garage.«

Man muss auf The Sweet immer gefasst sein. Die Schwester weiß, wenn kleine Jungs im Sommer um die Mittagszeit aus dem Planschbecken steigen, nackt und nur mit einem Hut auf gegen die Sonne, so gilt als sicher, dass die Hand von Brian Connolly oder Mick Tucker von unten aus der Wiese kommt wie ein schnelles Tier. Die Hand schnappt nach dem Penis. Schon ist alles zu spät. Die Hand reißt das Kind am Penis durch die Wiese runter in die Höhle von The Sweet. Eben noch saß das Kind vergnügt und dumm im Planschbecken. Nun ist es im Erdreich verschwunden. Vergeblich barmt die Mutter auf der Terrasse, sie hat ein krankes Kind, jetzt wird ihr der zwar stotternde, aber sonst hoffentlich gesunde Junge auch noch genommen. Ein weiterer kleiner Erdhügel und ein kleiner Sonnenhut, das ist alles, was oben übrig bleibt. In der Sweet-Höhle unter dem Garten steht das Blut, darin waten sie umher in Lack und Leder, Brian und die anderen. Sie haben gelbe Zähne, dünne Fingernägel, einige dieser Nägel sind bemalt, The Sweet kämmen lange und versonnen ihre duftenden Haare. Sie bumsen. Ich gehe im Sommer nicht mehr um die Mittagszeit ins Planschbecken. Am Nachmittag bitte ich die Eltern, mich aus dem Becken zu heben und auf die Terrasse zu tragen. Ich erzähle von der Höhle und von The Sweet. Sie stellen meine Schwester zur Rede, die von nichts weiß, denn was sie weiß, sagt sie mir später leise und deutlich: Wenn wir ihre Höhle verraten, wird ihre Rache unvorstellbar sein.

Der Citroën DS passt exakt in die Garage, es ist nun an den Seiten, vorne und hinten kaum noch Platz. Die Mothers of Invention tummeln sich in ihm, unter ihm, über ihm. Die DS ist, wie Holger, der Sohn von Hausmeister Kothen sagt, eine »Staatskarosse«. Die Kothens wohnen zwei Stockwerke über uns, und dort bleiben sie auch in der Nacht. Die Kothens sind harmlos.

Wenn der Vater zur Mittagspause aus dem Büro heimkommt, wartet Holger Kothen schon an der Einfahrt zur Garage und bohrt in der Nase. Holger Kothen popelt immer, das wissen auf der Dietrich-Bonhoeffer-Straße alle. Versonnen und mit aufgerissenen Augen rammt er mal den einen, dann den anderen Zeigefinger nach oben. Der Citroën des Vaters gleitet herbei, der kleine Vater schaut so gerade über das Lenkrad, auch er hat die Augen aufgerissen, denn er muss sich konzentrieren, die enge Einfahrt, die enge Garage, das große Auto. Biegt er in die Einfahrt, neigt sich der Citroën zur Seite wie in den Filmen eine Jacht auf dem Meer, es ist die berühmte hydropneumatische Federung, auf die, wie der Vater sagt, *Citroën das Patent hat.* Ich stehe neben dem popelnden Holger Kothen. Man hört aus dem Citroën noch eine Weile Duke Ellington. Der Vater drückt drinnen an Knöpfen, er fährt die Systeme runter, wie er es nennt, *sonst ist nachher meine Batterie leer*, souverän beendet er die drei Kilometer lange Reise von der Firma nach Hause. Mittagspause. Als er die Fahrertür öffnet, zieht Zigarettenrauch aus dem Citroën in die Garage und dann hinaus. In der Garage hängt ein Schild, ein lustiger Mann, der mit dem Autoschlüssel aus dem Autofenster winkt: »In der Garage Motor aus! Krebsgefahr!«

Holger Kothen sagt: »Sie fahren in einer Staatskarosse, Herr Gorkow.«

»Popelt ihr alle bei euch da oben unterm Dach, Holger?«, fragt der Vater.

»Was?«

»*Bitte* heißt das, Holger.«

»*Was* heißt *bitte*, Herr Gorkow?«

»Es heißt nicht *was*, sondern *bitte.*«

»Was heißt nicht *was*, sondern *bitte*?« Holger Kothen schaut und weiß nicht weiter.

Das ist dem Vater zu dumm. Er hat keine Zeit zu verlieren. Er zündet sich auf dem Weg zur Haustür eine neue Dunhill an, er reicht mir die Hand. »Komm.«

»Sie fahren in einer Staatskarosse, Herr Gorkow«, ruft Holger Kothen wieder, als wir im Treppenhaus verschwinden.

Der Vater: »Mein Gott.«

Ich: »W-wieso?«

»Der Holger ist völlig verblödet.«

»W-was?«

»*Bitte* heißt das. «

»B-bitte?«

»Wenn du da zu lange stehst, Junge, mit dem Holger, und der immer rumpopelt, wirst du auch so.«

Matinee

Ein Erzähler im Film spricht: »Templer herrschten über die ganze Provinz, und kaum eine Jungfrau, die noch nicht ihrem blutigen Ritual zum Opfer fiel!« Der Chef der Templer ähnelt dem Mann, der nebenan auf der Bonhoefferstraße über Kallens wohnt. »Wer weiß«, sagt die Schwester. Nachdem die junge Frau gefesselt ist und bevor sie ausgepeitscht wird, ruft der Chef der Templer: »Allmächtiger Luzifer, Herr des Feuers! Nimm dieses Opfer an, lass diese Vereinigung mit jungem, unschuldigem Blut uns ewiges Leben geben!« Ich bedaure die Frau, aber anders als die anderen und zumeist weinenden Kinder im Kino *wehklage* ich nicht. Die Templer haben keine Wahl, es liegt in ihrer Natur. Wir gehen in das Spezialitäten-Restaurant Balkan Grill, weil es unsere Art ist. Die Templer vereinigen sich, weil es ihre Art ist, mit jungem Blut. Es entspricht ihrer Lebensweise.

Läuft Godzilla, sind im Schaukasten am Kino der Horstbroichs Schwarz-Weiß-Bilder einer Riesenechse zu sehen. Unten flüchten die Japaner, sie schreien in Richtung des Fotografen und raufen sich ihre helmartigen Haare. Japaner sind auch hier in Büderich, immer wieder treffen neue von ihnen mit dem Jumbo der Japan Airlines ein, der im Landeanflug über unseren Garten in der Dietrich-Bonhoeffer-Straße gleitet. Die Japaner bleiben einige Jahre und reisen dann wieder ab. Ich habe noch nie einen von ihnen herumrennen sehen wie auf den Fotos der Horstbroichs im Schaukasten, aber ich habe auch noch nie eine so gewaltige Echse gesehen wie Godzilla, ich habe überhaupt noch nie eine Echse gesehen, nur einige Geckos in Canyamel auf Mallorca, von denen die Schwester sagt, dass sie unter den falschen Umständen und wenn man sie reizt, so groß werden wie Godzilla.

»Flüchten die Japaner, die nach B-b...«

»Büderich?«

»Büderich kommen, oder eben nach D-d...«

»Düsseldorf?«

»Düsseldorf, egal, flüchten die jedenfalls vor G-g-g...?«

»Godzilla?«

»Godzilla?«

Der Doktor Raffauf, auch der Logopäde Herr Waltherspiel sagen: Bevor es besser wird mit dem Stottern, wird es oft erst mal schlimmer. (Die Diskussion der Eltern im Garten, die ich aus dem Zimmer der Schwester verfolge. Der Vater, der die Mutter fragt, was er mit dieser Diagnose anstellen soll. Ärzte seien allesamt Arschlöcher. Er werde zusätzlich auch Herrn Waltherspiel bald einvernehmen.)

Zwei DM pro Kind für die Sonntagsmatinee. Frau Horstbroich schaut aus dem Fenster, über dem »Kasse« steht. Das ranzige Fenster ist kaum größer als ein DIN-A4-Blatt, unten sind einige Löcher, zu denen Frau Horstbroich ein Ohr hinunterbeugt, wenn man etwas sagt. Das Fenster wird vollständig ausgefüllt vom großen, porösen Gesicht der Frau Horstbroich, vom Kopf hängen wie Nudeln die Haare, hinter der Brille schwimmen die Augen in Kreisen, es ist irgendwas los im Dorf, all die Menschen mit den dicken Brillen. Unter ihnen sind hoffnungslos viele Kinder, hilflos drehen sie vor Vorstellungsbeginn auch im Kino die Köpfe umher, als peilten sie mit ihren Flimmeraugen nach der richtigen Frequenz im Farbenschlamassel, so auch in der Klasse, wenn sie mich zu orten versuchen, während ich neben Hubi sitze und aus dem Fenster in den Himmel schaue. Sieht Frau Horstbroich uns? Die Schwester sagt, dass Frau Horstbroich womöglich vollständig blind sei.

Sie legt ein Fünfmarkstück in die Plastikmulde unter den Löchern im Fensterchen.

»Zweimal Kinder plus 20 Colafläschchen bitte, Frau Horstbroich.«

»Ich m-mag lieber W-weingummis.«

»Halt die Klappe.«

Frau Horstbroich schiebt zwei winzige Tickets aus rauem, schmutzigem Papier in die Mulde. Sie nimmt die Zigarette aus dem Mund, legt sie im Aschenbecher ab, mit einer Zange fuchtelt sie Colafläschchen aus dem Eimer, sie zählt mit den Fingern in der Tüte die Fläschchen nach, verzählt sich, zieht zwei Fläschchen wieder raus, zählt von vorne, rollt das Papiertütchen zu, knallt das Tütchen auf die Tickets unter dem Fenster.

»Das Tütchen wird nicht im Kino liegen gelassen, junge Frau!«

»In Ordnung, Frau Horstbroich.«

»Du hast mich verstanden?«

»Ja, Frau Horstbroich.«

»Der Junge auch?«

»Na sicher, Frau Horstbroich, der auch.«

Das Licht geht aus, die Schwester und ich verstummen routiniert, und während die Düsseldorfer Lichtspielhäuser sich bereit machen für die Ankunft vom Weißen Hai, fummeln die Horstbroichs wieder den guten, alten Godzilla von 1954 in den Projektor. Wenn man sich umdreht und über die hohe, polierte Lehne aus dunklem Holz nach hinten schaut, sieht man, wie Herr Horstbroich weit oben aus der Scharte in der Wand herausguckt, das Fenster ist während der Vorstellung geöffnet. Herr Horstbroich brüllt: »Füße runter von der Vorderlehne!«, wir schreien auf vor Schreck. Herr und Frau Horstbroich drehen zunächst an der Spule rum, zerren und klemmen, bis der flatternde Streifen verhakt ist. Herr Horstbroich flucht, dann rasselt hinten alles stramm los, vorne geht der Vorhang auf, es erscheint ein Dia mit Werbung vom Balkan Grill gegenüber. Man sieht die mir bekannten Jugoslawen lachend auf eine Gurman-Platte zeigen, darüber steht: »Na, auf den Geschmack gekommen? Restaurant Balkan Grill! Gleich gegenüber!« Das Dia verschwindet. Dann erscheint Godzilla, die Echse, die nie wirklich eine Ahnung hat, was eigentlich los ist.

Nach der Vernichtung von Godzilla oder King Kong werfen wir das leere Tütchen auf den Boden und laufen aus dem Kino. Ich weine kurz und abgeklärt, denn ich weiß ja schon vorher, dass beide Tiere geliefert sind. Die Schwester sagt, dass wir Menschen mit jedem Schritt auf einer Wiese millionenfach Leben töten. Geht es um die Natur, sieht die Sache so aus: Wir sind das Establishment, wir richten und töten und sind anmaßend. Man kann es nicht ändern. Der Affe King Kong sucht die Liebe, tritt aus Versehen alles platt, er bedauert, trauert und findet dann den Tod.

Still verfolge ich mit der Schwester immer wieder dieselben Aufführungen. Um uns herum ist es laut. Die Kinder im Kino der Horstbroichs weinen hinter den dicken Brillengläsern, sie pinkeln, und während sie weinen und pinkeln, greifen sie mit nassen Händen in die Einzelhandels-Großdosen mit den Weingummis, die sonst auf den Tresen der Kneipen herumstehen und die die Horstbroichs vorne an der Kasse hinter dem Fensterchen, weil es so für alle praktischer ist, gleich im Ganzen verkaufen. An jedem Sonntagmittag erwachen die Kinder aus einem Inferno, wenn der Film, den sie schon oft gesehen haben, ein weiteres Mal zu Ende ist. Erschöpft irren die Großen mit ihren kleinen, vollgemachten Geschwistern zurück ins Büdericher Licht, sie wanken heim über die Düsseldorfer Straße, und so gliedern sie sich wieder ein in das Leben aus flachen niederrheinischen Farben und Tönen.

Ich betrachte diese Filme abwägend, auch die Küsserei zwischen den zwei Hauptdarstellerinnen unter der Sonne Spaniens in der »Nacht der reitenden Leichen«, keine Ahnung, vielleicht sind es Schwestern, und sie passen aufeinander auf, ich mache mir darüber keine weiteren Gedanken. »Die Nacht der reitenden Leichen« ist ein Farbfilm, King Kong, der Affe, und Godzilla, die Echse, erscheinen hingegen nicht in Farbe, es sind schwarz-weiße und also besonders plastische Darbietungen, Scherenschnitte, wie die Kinder meiner Klasse, die hinter Manuela im Gegenlicht der Stadtentwässerung Düsseldorf-Nord mit dem Fräulein Lehrerin am Fenster vorbeilaufen.

Andererseits muss man sich vorsehen. Es gibt Echsen und Affen in erstaunlicher Größe. Sie sind nur noch nicht in Büderich eingetroffen. Der eine weiß es vom Vater, der andere hat es in den Nachrichten gesehen, bei Klarner und den anderen: die kurzen Filme von rauchenden Häusern, Brandsätzen, schreienden Asiaten, Hubschraubern, weinenden Kindern. Die alten, schreienden Männer gibt es. Die Echse lässt auf sich warten, aber die Japaner sind schon da. Und auch Büderich hat einen Friedhof, auf dem man, wenn man nachts vorbeigeht, die Stimmen der Toten hört.

Sollte der stille bärtige Mann, der über Kallens wohnt, etwas damit zu tun haben, wird der Vater die Sache regeln. Man hört, seit es warm und seine Balkontür geöffnet ist, solide das Gehacke in die Tastatur seiner nicht elektrischen Schreibmaschine bis hinunter in unseren Garten. Die Mutter sagt: »Das ist der Johann. Der schreibt eine Doktorarbeit.«

»Der Johann sagt n-nie was, wenn man G-guten Tag …«

»Er ist schüchtern. Du sagst auch oft nichts.«

»Und w-wenn er ein Templer ist?«

»Der Johann ist kein Templer.«

»S-sicher?«

»Wir fragen ihn mal.«

»Besser n-nicht.«

Das tiefe Braun der Erde Richtung Rhein, umgepflügt und schwer und satt wie Teig mit Kakao. Das fast ockergelbe Beige der späten Gräser im September, das immer dunkle katholische Grün der Bäume, der tumben balkenartigen Hecken. Müde mal röhrende, mal rasselnde Privat-Pkws, die zwei Kirchen, klirrend und eilfertig die protestantische auf der Bonhoefferstraße, ein paar Sekunden später wehklagend, geschwollen, gereizt die katholische beim Pfarrer Magen drüben Ecke Düsseldorfer und Dorfstraße. Der Pfarrer Magen weiß, Unrecht vergeht nicht, wir wissen alle nicht, wo Gott wohnt und was er mit uns vorhat.

Heino und seinesgleichen aus dem ZDF: Wann werden sie unter dem Bett, aus dem Keller, aus dem Garten verschwinden? Ich überlege, mit ihnen in Verhandlungen zu treten. Wenn man ihnen Holger Kothen anböte? Sie bekämen nicht Manuela, nicht mich, aber sie bekämen Holger Kothen, wie wäre das?

Der Vater lässt die Jalousie herab. Er geht aus dem Zimmer. Ich horche auf Stimmen.

Ich sage »Barzel?«. Allein steht das Wort im Zimmer.

Noch einmal. »Barzel?«

Ich schlafe ein.

Jetzt antwortet Barzel.

Er, nölig: »Junge?«

Ich: »B-barzel?«

Barzel (sonderbarerweise jetzt ausgestattet mit der Stimme der alten Schwerdtfeger): »Genauuuu.«

Ich rase aus dem Bett, über den Flur, hinein in das Bett der Schwester.

Sie: »Barzel?«

»Ja.«

Nie mehr zu vergessen sind die nahen Farben des Sommers auf dem Wohnzimmerboden, die wie von selbst nach dem Kind greifenden Hände der Mutter, die es vom Quittenbaum hebt, die Bilder, die die vier ernsten Männer aus Cambridge auf die Hüllen ihrer Schallplatten brennen: ein Kraftwerk als Schloss, an jeder Ecke ein akkurat in den Himmel ragender, weißer Schornstein. Über dem Kraftwerk, schwebend, ein Schwein. Wieder ist keiner der Musiker zu sehen, es gibt keinen Namen und keinen Titel.

Auf den anderen Plattenhüllen in den weißen und schwarzen Furnierholzschränken des Wohnzimmers und des Schlafzimmers zeigen sich Sänger mit großen Krägen. Gelbe und grüne Hemden. Dann die Dirigenten, Gewaltherrscher, Smoking, vor der Brust verschränkte Arme, mies gelaunt stehen sie vor ihrem jeweils geföhnten, teils nass gekämmten Orchester. Hinten steht ein schielender Paukist. Er lacht als Einziger. Womöglich hat er nichts zu verlieren. Immer wieder schaue ich auf den Schielenden hinter der Pauke, alle anderen sehen aus, als wären sie eben erst mit dem Stock vermöbelt worden. Hinten aber lacht der erleichterte Paukist. Er ist ein freier Mann. Dann pfäffische Typen, lieb und verzweifelt vor Orgeln aus dem Osten, auf denen sie Bach spielen, die endlos nachgelieferten, sich auf dem Boden zu

Türmen stapelnden Bach-Platten (Amiga) aus dem Osten. Geschenke von Tante Ursula und Onkel Rolf aus Dresden. VEB-Schallplattenwerke. Sie kommen mit dem überwältigenden Christstollen im Dezember aus dem Land des Mangels, wieso dann aber diese Meisterwerke aus Gebäck und Musik? Bekannt ist: Die Farbigen machen den besten Jazz. Im Osten haben sie gute Orchester. Der weit überwiegende Teil, meterweise im Regal unter dem Thorens TD-125: das knappe Artwork des Jazz, verkauft von Fritz Brockkötter, dem Jazz-Mann im Funkhaus Evertz. Der lebensmüde Chet Baker, ein ums andere Mal Miles Davis, der kalte, nichts verratende Blick.

Im Zimmer der Schwester versammeln sich Musiker mit behaarten Brüsten, junge Männer in so engen Hosen, dass sich alles abzeichnet wie Obst in zu kleinen Tüten. Die Mutter sagt: »Na, Prost.« Frank Zappa und die Mothers Of Invention. Sie sind Rabenartige. In schwarzer Tusche auf die Welt gekrabbelt. Musikanten, aus geplatzten Eiern gefallen, in denen sie in Motoröl gebrütet hatten, behaart, dünn, schmutzig bis unter die langen Fingernägel, filthy, in miesen Schnürhosen aus Satin, die sie unter der Autobahnbrücke in downtown Los Angeles einem Abgemurksten ausgezogen haben.

Die Schwester sagt: »Sie sind böse.«

»W-was haben sie vor?«

»Die reißen dem amerikanischen Establishment schön den Arsch auf.«

Beim amerikanischen Establishment handelt es sich um eine Ansammlung weiterer Monster. Sie schwimmen in Geld wie Dagobert Duck, sie nähren sich durch den geheimnisvollen *Krieg in Vietnam*. Die Töchter des Establishments tragen Strumpfhosen und haben Zöpfe, die hinten etwas abstehen und wippen, ihre Söhne haben kurze Haare, Söhne wie Töchter haben glänzende Gesichter. Sie sind feist, und sie glänzen, weil ihre Poren verstopft sind. Ich sehe ein Foto von vietnamesischen Frauen, die Kinder und Babys im Arm halten.

»Diese Frauen und Kinder sind von den Amerikanern direkt nachdem dieses Foto aufgenommen wurde, hingerichtet worden.«

»Hingerichtet?«

»Erschossen.«

»Die Frauen und die B-babys?«

»Ja.«

Du erkennst sie an ihren feisten, glänzenden Gesichtern. In den Gärten ihrer Südstaatenvillen veranstaltet das amerikanische Establishment Grill-Feste auf Kosten der abgeschlachteten Frauen und Kinder in Vietnam. Fett stehen sie herum mit ihren Cowboyhüten und nagen an gegrillten Rippen.

»Wie in Bonanza?«

»Die Cartwrights sind in Ordnung.«

»Sie tragen Cowboyhüte.«

»Ja, wegen der Sonne.«

»Die Monster nicht wegen der S-sonne?«

»Nein, nicht.«

»Gibt es unter den Indianern auch M-monster? Oder nur unter den Cowboys?«

»Nein, unter den Indianern nicht. Nur unter den Cowboys. Die Indianer werden von den Monstern abgeschlachtet.«

»Unterstützen die M-m-mothers Of Invention d-die Indianer?«

Frank Zappa schmiert kalt sein Solo in »Black Napkin« zusammen. Mit dem, der das spielt, will man nicht aneinandergeraten. Sie blättert in einem ihrer Ringordner und lernt für die Schule, es steht eine Prüfung an.

Müde fährt sie fort mit ihrem Vortrag über die Mothers.

»Sie kochen kleine süße Kinder in großen Töpfen.«

»Wie der alte Topf für die Quitten? Mit dem T-tacho? Im Keller?«

»Das ist kein Tacho, sondern eine Temperaturanzeige.«

»In s-so einem Topf kochen sie die K-kinder?«

»Genau. Die Temperaturanzeige am Topf zeigt den Mothers Of Invention, dass die Kinder lange genug gekocht worden sind.«

Ich schaue auf das Cover und bin noch guter Dinge. »Essen die Mothers die K-kinder dann?«

»Nein, die Kinder sind ausgekocht, weich und schlaff. Es geht um die Essenz, die Brühe. Nun lagern sie die Kinderbrühe.«

»Wo?«

»In der Garage. Beim Citroën.«

»Aber der Topf ist d-doch im K-keller!«

»Unten wird gekocht, oben gelagert.«

Ich schmeiße mich von ihrem Korbbett und lache. Die Mothers Of Invention beeindrucken mich nicht. Leider träume ich von nun an trotzdem von ihnen.

Zuvor, um 19.30 Uhr, erscheint auf dem Schirm wieder die Hitparade. Er sitzt schon in der Garderobe mit seiner schlimmen Wandergitarre (Marschieren, Marschieren). Wieso sollte Heino nicht eines Tages den Fernsehapparat verlassen und in unser Wohnzimmer treten? Nicht vorne, durch die Scheibe, da ist alles gut verschlossen. Er wird die Rückwand des Fernsehers nutzen, hier ist Raum, hier sind Rillen, hier ist es hohl und biegsam. Wenn ich meine Hand über die Rillen halte, spüre ich die Wärme. Heino brüllt.

Karamba, Karacho, ein Whisky!
Karamba, Karacho, ein Gin!

Verflucht, Sakramento, Dolores!
Und alles ist wieder hin!

Ich klammere mich in den Cordbezug. Die Schwester ist nicht im Wohnzimmer. Wann kommt sie zurück? Sie wollte nur kurz in die Küche.

In einer klitzekleinen Hafenbar
Saß ein braungebrannter Gaucho
Mit schwarzbraunem Haar!

Dass Flugzeuge starten und landen, leuchtet mir ein, es ist eine Frage von Schub. Dass Autos fahren, bremsen und parken. Dass die Horstbroichs ihre Spulen hinten im Schacht einlegen, sodass wir denselben Godzilla sehen wie am vergangenen Sonntag. Aber Fernsehsendungen wie die ZDF-Hitparade sehen wir zum selben Zeitpunkt wie die anderen Menschen auf der Bonhoefferstraße, auch zum selben Zeitpunkt wie die vielen Menschen den Rhein runter, in Düsseldorf, der großen Stadt. Das verstehe ich nicht. Es ist ebenso erstaunlich wie die Erfindung des Telefons. Die Reise zum Mond vor ein paar Jahren erscheint mir in ihrem Ablauf logisch. Wieder, wie bei den Flugzeugen, ist es eine Frage des Schubs. Dazu Proviant. Dann muss man nur noch den Mond im Visier behalten. Aber wie kommen die Bilder dieser Reise oder die Bilder aus der Hitparade nach Büderich?

Heino erscheint nicht, weil wir uns auf ihn konzentrieren. Er erscheint, weil er sich auf uns konzentriert. Er konzentriert sich, wird zu einem hoch verdichteten Strahl und fächert sich am Ende der Reise in Millionen Haushalten wieder auf, um über uns zu walten. Vor allem über mich.

Die Schwester sagt: »Genau so ist es, kleiner Schatz.«

Ich kann den Vater am Telefon trotz der immensen Entfernung genau hören. Die Übertragung aus seinem Büro in Heerdt funktioniert. Das ist nicht neu, aber ich kann es immer noch nicht glauben und verharre, nachdem er etwas in den Hörer gesagt hat.

»Hallo? Ja, b-bitte?«

»Junge?«

»Ja.«

»Junge?«

»Papa?«

»Gib mir die Mama, bitte, Junge!«

»Ich höre dich, Papa.«

»Gib mir die Mama, bitte, Junge!«

»Wo bist du, Papa? Ich höre deine Stimme k-lar.«

»Ich bin im Büro natürlich. Wo ist die Mama?!«

»...«

»Junge?«

»Ja.«

»Wo ist die Mama?«

»Die Mama ist auf dem Klo.«

»Hol sie bitte!«

»Maaaama!«

Pause.

»Maaaama!«

Pause.

»Kommt die Mama?«

»Sie antwortet nicht. Sie ist auf dem K-klo ... Glaube ich.«

»Ist sie im Garten?«

»Nein. Auf dem Klo. Oder wieder in der Waschküche. Eben war sie im Garten. Davor war sie in der W-waschküche. Von dort hat sie die n-nasse W-wäsche hochgebracht. Dann war sie im Garten. Da hat sie die n-nasse W-wäsche aufgehängt. Dann ist sie wieder reingekommen. Dann ist sie schon w-wieder in die W-waschküche g-gegangen. Mit der n-neuen schmutzigen W-wäsche.«

»Sie ist also nicht auf dem Klo?«

»Doch.«

Ich höre das Klicken seines Tischfeuerzeugs in Heerdt. Ich sehe das Tischfeuerzeug, den Kristallaschenbecher, den Fernschreiber im Büro von Frau Schaarschmidt, der, wenn ein Telex aus Löffingen/Schwarzwald, Peterhead/Schottland oder Cleveland/Ohio eintrifft, mit Wucht rumnadelt auf die Papierwalze. Dies alles ist so rätselhaft wie der Umstand, dass die Schwester und ich gestern zeitgleich mit den Kothens von oben die ZDF-Hitparade mit Heino gesehen haben, dem Nebelmann.

Ich mache mir, während der Vater in den Hörer redet, Gedanken über die Leitungen, die, so die Mutter, Material, Bilder, Stimmen in die Geräte bringen. Leitungen verlaufen durch Wände, von dort durch die Erde unseres Gartens (an The Sweet vorbei), unter Feldern und Straßen hindurch. Ans Licht treten sie erst wieder in der Veranstaltung mit dem Nebelmann, und diese Veranstaltung wird durch Geräte, deren Ausmaße ungeheuerlich sein müssen, gebündelt, dann abgeschossen ins Land. Auch der Anruf meines Vaters, die dazu erforderliche Kraft, die Bündelung und die Reise der Töne über Tausende von Metern auf dem Weg von Düsseldorf-Heerdt bis nach Meerbusch-Büderich, durch das Geträller der Vögel hindurch, das Rufen der Kinder, das Gebrüll der Nazis, gefüllt mit explosiver Energie. Am Hörer in Heerdt verharrt der kleine, drahtige Mann, er ruft: »Hast du aufgelegt? Ich höre dich atmen, Junge.«

»Papa?«

Die Stimme von Frau Schaarschmidt, seiner Sekretärin, von weiter hinten, sie hat die mit Leder gepolsterte Tür geöffnet: »Chef, Ihre Frau hat angerufen und …«

»Weiß ich, Frau Schaarschmidt! Was glauben Sie, wen ich zu erreichen versuche?«

Frau Schaarschmidt geht murmelnd ab.

»Ich kann dich hören, Papa. War das die Frau Schaarschmidt?«

»Junge, ich telefoniere mit dir!«

»Ich höre dich.«

»Das hier ist wichtig jetzt. Sag deiner Mutter, dass ich heute eine Stunde früher aus dem Büro nach Hause komme. Wir essen eine Stunde früher. Dafür bleibe ich nach dem Mittagsschlaf eine Stunde länger. Ich werde mit ihr über Geibisch und Golombowski reden und über die Unterlagen zur Causa Geibisch und Golombowski, die Henk Boovenkerk aus Holland geschickt hat, da diese Anmerkungen von Henk Boovenkerk aus Holland heute noch weiter nach Peterhead/Schottland müssen. Du wirst ihr das sagen. Wenn sie aus dem Bad kommt.«

»Oder aus der W-waschküche.«

»Oder aus der Waschküche.«

»Oder aus dem G-garten.«

»Bitte?«

»Oder aus dem G-garten.«

»Ich denke, sie ist nicht mehr im Garten?«

»Ich glaube nicht, dass sie noch im G-garten ist. Sie ist sicher immer noch im Bad. Sie ist ins Bad gelaufen.«

»Junge?«

»Ich kann dich hören, Papa. Es ist eine gute Übertragung.«

Er ruft: »Sie soll eine Stunde früher kochen! Sie soll die Unterlagen zur Causa Geibisch und Golombowski aus Löffingen rauslegen! Sie muss übrigens außerdem die Wäsche reinhängen, damit ich sprühen kann!«

»Ja.«

»Kannst du dir das merken?«

»…«

»Junge?«

»Wieso kannst du nicht Gift sprühen, w-wenn die W-wäsche draußen hängt?«

»Das Gift muss ins Grün, nicht in die Wäsche! Hast du verstanden, was ich gesagt habe, Junge?«

»Ja.«

»Wiederhole es!«

»Das Gift muss ins G-grün.«

»Nein! Zur Causa Geibisch und Golombowski! Was musst du der Mama ausrichten?«

Pause.

»Junge?«

Ich halte die Luft an. Alles ist aus Staub entstanden. Es wird wieder zu Staub werden. Wir werden uns wiedersehen auf der dunklen Seite des Mondes.

»Geh und such die Mama! Lege den Hörer solange neben das Telefon, Junge!«

Ich lege auf und gehe los.

Mongo

Auf der Dorfstraße nahe Frau Schwerdtfeger wohnen in einem kleinen schlammfarbenen Haus Herr und Frau Senftleben, ein stilles Paar in gedeckten Farben. Sie fahren in einem Kinderwagen Karsten umher, der aufrecht dasitzt, sodass er sich alles ansehen kann. Karsten hat einen Kopf wie ein Ballon, die Leute sagen, er entwickelt sich nicht mehr. Keiner weiß, wie alt er ist, die einen sagen, er sei ein Kind, die anderen, er sei schon lange erwachsen. Karsten hat, neben anderen Behinderungen, einen Wasserkopf. Wenn man am Abend des Martinstages mit den Laternen von Haus zu Haus geht und singt, um an den Türen Bonbons zu sammeln, ist man bei Senftlebens an der richtigen Adresse. Da Karsten nicht wach werden soll, sitzt Frau Senftleben den ganzen Abend drinnen am Fenster neben der Haustür, und wenn sie sieht, dass Kinder mit Laternen in den Vorgarten einbiegen, huscht sie hinaus. Sie sagt »Leise! Nicht singen!«. Sie verteilt geschwind Bonbons und Mandarinen, ohne dass man »Hier wohnt ein reicher Mann!« singen muss.

Wenn man auf der Straße an den Senftlebens zum Kicken aufs Feld vorbeigeht, soll man aufhören, den Ball auf den Bürgersteig zu dotzen, weil das den Karsten und seine Eltern verunsichert. Irgendwann ist Karsten weg. Die Senftlebens, still wie immer, gehen ohne Kinderwagen über die Dorfstraße,

Frau Senftleben ist bei ihrem Mann eingehakt. Wenn ich frage, heißt es, der Karsten sei in Behandlung. Irgendwann fragt keiner mehr.

Mongo ist ein Wort, das mir gefällt. Ich laufe durch die Wohnung, zeige in die Luft und rufe »Mongo!« und »Mongo, was machst du nur mit mir?«. Da ich singe, stottere ich nicht. Die Schwester blättert in einem der vier schweren, in ausgeleiertem Leinen eingebundenen Brockhaus-Bände, um mich über den Mongoloismus aufzuklären.

»Mongo... lei... hier: Mongoloismus!«

Der Vater liest in einem Buch von Rainer Barzel. Das Buch trägt den Titel »Gesichtspunkte eines Deutschen«. Ich nehme an, es hat etwas mit dem Gesicht von Barzel zu tun, frage mich, wo die Punkte sein sollen und was es in diesem Zusammenhang bedeuten soll, dass er ein Deutscher ist. Der Vater liest, wie er isst, Rosen sprüht oder raucht, unter Anspannung. Er hat die Brille auf die Stirn geschoben, hält das Buch in der Rechten nur wenige Zentimeter vor seine Augen, mit der Linken hält er die Zigarette weit hoch. Er liest, schüttelt den Kopf, plötzlich sagt er dann: »Na ja, mein Gott.« Die Schwester und ich sitzen auf dem Kelim vor dem Bücherregal, sie im Schneidersitz, auf dem Schoß der Brockhaus.

»Die Entdeckung des Mongoloismus geht auf den Arzt John Langdon-Down zurück, der Ursachen und Symptome des Mongoloismus im Jahre 1866 beschrieb.« Sie führt weiter aus, dass der Begriff Mongoloismus auf die asiatisch anmutende Augenform zurückgehe, die Langdon-Down seinen Patienten anzusehen meinte.

»Asien ist ein Kontinent. So was wie Afrika.«

»Wo?«

»Im Osten.«

»Bei Tante Ursula und Onkel Rolf?«

»Das ist die DDR. Coswig ist in der Ostzone, nicht im Osten.«

Wieso ist die Ostzone nicht im Osten? Ich gleite davon. Versonnen blättere ich in einem weiteren Band des Brockhaus. Unter P, nur ein paar Zeilen, damals schon: »*Pink Floyd*, britische Rockband, gegründet 1967.« Sie stehen im Brockhaus, knapp, unmissverständlich, erhaben. Somit ist alles wahr. Ich schaue am lesenden Vater vorbei durch das Fenster in den flachen grauen Himmel.

»W-wo denn dann, w-wenn nicht in der Ostzone?«

»Viel weiter im Osten. Gemeint ist die Mongolei. Deshalb: mongoloid.«

»Hubi kommt aus einem eigenen L-land? Ist das Land nach ihm benannt?«

Ich bin außer mir. Wie würde ein nach mir benanntes Land heißen?

»Nach mir ist kein L-land benannt.«

»Nach ihm auch nicht. Er sieht nur aus, als käme er aus der Mongolei. Deswegen nennt man ihn Mongo.«

»Sehen alle in der Mongolei aus wie Hubi?«

»Nein … Mann, bist du doof. Die Ärzte meinen Asien. Ärzte sind halt Trottel, die eine Bezeichnung brauchen.«

»…«

»Also kamen sie auf die Mongos. Wie die Mongolen. Aus der Mongolei. In Asien. Verstehst du?«

»Die Leute, die aus der M-mongolei kommen, sind also keine Mongos, oder?«

»Zumindest nicht in dem Sinne wie Hubi.«

»Wie ist Hubi?«

»Langsamer. Die Mongolen sind nicht langsam. Im Gegenteil, wie man hört.«

»Und es ist ja eh weit weg, stimmt's? W-weiter als C-coswig. Auch weiter als das *Restaurant zur Freundschaft mit dem Sowjetischen Volke* in Radebeul!«

Ich denke an die Autoreisen mit dem Citroën in den Osten, die sechs oder acht Stunden am Grenzübergang Helmstedt. Coswig und Radebeul sind Ende und Anfang der Welt, so weit ist das weg.

»Japan gehört zu Asien. Coswig gehört nicht zu Asien. Die Watanabes im 1. Stock sind aus Asien.«

Einmal, als wir aus den Sommerferien zurück waren, bemerkte ich nicht, dass die Kawasakikinder weg waren, da die neuen Watanabekinder ihnen glichen. Ich habe mit den Watanabekindern gespielt, ein kleines Mädchen mit einem schwarzen Zopf und ein *lebendiger Junge,* wie die Mutter sagte, und ich dachte, es seien die Kawasakikinder, auch sie waren ein kleines Mädchen mit einem schwarzen Zopf und ein lebendiger Junge. Ich aß bei den Watanabekindern Reis mit rohem Thunfisch und Sojasoße wie ich auch mit den Kawasakikindern Reis mit rohem Thunfisch und Sojasoße gegessen hatte. Die Einrichtung war dieselbe geblieben, *die Wohnung ist möbliert,* sagte die Mutter, und dass die schüchterne Frau Watanabe in der Waschküche nicht die schüchterne Frau Kawasaki sei, da die Kawasakis wieder zurück in Japan seien.

Die Mutter fragt, wie dem Vater das Buch »Gesichtspunkte eines Deutschen« gefalle, er antwortet nicht. Sie fragt wieder, er antwortet wieder nicht. Als sie das Wohnzimmer verlassen hat und in die Küche gegangen ist, blättert er im Barzel um und sagt leise und bitter: »Schwach.«

Die Mutter ruft aus der Küche: »Hast du was gesagt?«

»Du hattest mich etwas gefragt, Anneliese.«

»Ich wollte wissen, wie der Barzel ist.«

»Schwach.«

»Warum? Der Rainer Barzel ist so dumm nicht, oder?«

»Was soll ich sagen.«

Pause.

Sie: »Im Fernsehen sagten sie, es sei eine Bestandsaufnahme.«

Er inhaliert gereizt.

»Du fragst, wie mir das Buch von Barzel gefällt, das ich gerade lese. Du wartest nicht meine Antwort ab und gehst raus. Dann sagst du, der Barzel sei so dumm nicht.«

»Im Fernsehen sagten sie, es sei eine Bestandsaufnahme.«

»Was heißt denn Bestandsaufnahme? Von wem? Von Barzel?«

»Bitte?«

»Anneliese, kannst du nicht ins Wohnzimmer kommen, wenn wir reden? Du hattest mich etwas gefragt. Du wartest meine Antwort nicht ab, gehst in die Küche und sagst mir, dass das Buch eine Bestandsaufnahme sein soll.«

»Ich schneide die Quitten für das Gelee. Sie sagten, das Buch sei eine Bestandsaufnahme. Was weiß denn ich!«

»Ich lese hier ein Buch. Von wem denn eine Bestandsaufnahme? Von was?«

»Deutschland? Die Ostpolitik von Brandt?«

»Barzel hat überhaupt kein Format. Bahr zum Beispiel, Bahr hat Format. Ohne Bahr hätte Brandt noch ein paar Sorgen mehr gehabt als Kanzler. Bahr ist klein, aber von ganz großem Format!«

»Wie du! Hahaha!«

»Barzel hat überhaupt kein Format!«, brüllt er jetzt. Und: »Das Buch ist eine Bestandsaufnahme des Formats von Barzel! Gesichtspunkte eines Deutschen – was soll denn das heißen? Was für ein Titel! Dieser Idiot!«

»Ach, Rudi.«

»Wieso eines Deutschen? Was sonst? Gesichtspunkte eines Griechen? Stumpfsinn! Ich weiß nicht, wieso so etwas verlegt wird, sie können so einen Unsinn nicht verlegen, sie verlegen aber die Gesichtspunkte eines Deutschen trotzdem, und dann kommt der nächste Idiot, diesmal im Fernsehen, der sagt dann: Es ist eine Bestandsaufnahme. Das alles ist im Grunde ungeheuerlich.«

»Sagst du das dem Herrn Brotkamp in der Buchhandlung?«

»Was?«

»*Bitte* heißt das!«

»*Was* soll ich dem Herrn Brotkamp in der Buchhandlung sagen?«

»Dass dir das Buch nicht gefällt?«

»Das werde ich unweigerlich.«

Pause.

»Sag doch einfach nichts.«

»Bitte?«

»Sag dem Herrn Brotkamp, das Buch sei interessant.«

Er ruft: »Bist du verrückt geworden?«

»Sag, du seist hin und wieder nicht Barzels Meinung, aber das Buch sei anregend, sodass du dich mit Barzels Auffassungen, die du hin und wieder nicht teilst …«

»B-barzel ist ein Monster.«

Er legt das Buch ab, schaut mich an, dann die Schwester.

Ich singe: »Hubi! Mongo! Was für ein Spiel spielst du m-mit m-mir?«

Die Schwester: »Hubi ist behindert, du Spasti, da macht man keine Witze!«

»So w-wie du? Das Fräulein Lehrerin hat gesagt, ich hätte eine behinderte Schwester.«

»Ich bin nicht behindert. Ich habe ein Herz, das anders konstruiert ist.«

Ich denke über etwas Unbestimmtes nach und höre mir dann selbst zu. Ich liege auf dem Boden, schaue an die Decke und sage leise: »Wir melden uns hier von der Dietrich-Bonhoeffer-Straße Nummer 1, liebe Zuhörerinnen und Zuhörer. Wo, man kann es nicht anders sagen, die Sonne scheint.« Gemeinsam mit der Mutter höre ich gerne Radio, Übertragungen von Zusammenkünften von Politikern in bedeutenden Städten wie Bonn, Aachen, Paris, oder das WDR-Zeitzeichen, das an historische Begebenheiten erinnert, die heute vor so und so viel Jahren stattgefunden haben. Helmut Schmidt und Valérie Giscard d'Estaing treffen sich unterdessen nicht in Bonn oder Paris, sondern, so sagen sie es im Radio, so sagt es Klarner im ZDF, Schmidt und Giscard *treffen zusammen,* oder sie *sind zusammengetroffen.* Danach sind sie nicht zuversichtlich. Sondern *sie zeigen sich* zuversichtlich. Ich schaue weiter an die Decke des Wohnzimmers.

Ich sage: »Die anwesenden Parteien zeigen sich zuversichtlich.« Ich stottere nicht.

Wenn zwei so elegante Männer wie Schmidt und Giscard zusammentreffen, der eine im schwarzen Benz anreisend, der andere, wie der Vater, in der DS, wenn sie sich dann vor den Menschen *zeigen*, so spiegelt sich darin im Großen nur das Ausmaß, mit dem der Vater hier in Büderich durch den Erhalt der Firma und andere kluge Entscheidungen unser Leben absichert. Zuversichtlich zeigt sich die Familie, nachdem zuvor Kind Nummer 1, der Junge und die Mutter im Wohnzimmer mit dem Vater zu Gesprächen zusammengetroffen sind.

»Wann?«

»Was?«

»Wann hat das Fräulein Lehrerin gesagt, dass du eine behinderte Schwester hast?«

Sie umklammert mein Kinn mit Daumen und Zeigefinger,

sie dreht meinen Kopf zu sich und sieht mich an. Ich bin in Gefahr.

»Als wir für die S-sorgenkinder gesammelt haben.« Ich drehe mich aus dem Griff. »Es ist normal, b-behindert zu sein!«

»Was?«

»Das Fräulein Lehrerin hat gesagt, es sei normal, behindert zu sein. Alle sollen nett zu Hubi und Sylvia sein.«

»Das Fräulein Lehrerin hat den Arsch offen.«

»Das sagt m-man nicht.«

»Wie kommt die dumme Sau darauf, dass ich behindert bin? Papa, hörst du das?«

Der Vater sagt: »Du bist nicht behindert.«

»Wie kommt sie dazu zu sagen, ich sei behindert?«

Er liest.

»Papa?«

»Ich lese ein Buch.«

»Weil es normal ist!«, rufe ich: »Die Sylvia w-wackelt beim Gehen, der Hubi ist ein Mongo, die Eltern vom Onur können nicht reden.«

»Die Eltern vom Onur sind behindert? Wieso sind die behindert?«

»Die können nicht reden.«

»Natürlich können die reden! Die reden türkisch!«

Der Vater legt das Buch in den Schoß. Er sagt: »Kinder.«

Gibt es eine Krankheit, die sich nicht durch Schmerzen oder Fieber äußert? Eine, die einem selbst verborgen bleibt, die aber die anderen bemerken? Ist zum Beispiel Müdigkeit eine Krankheit? Wir alle vier schlafen, auch am Tag, um so zu Kräften zu kommen, wenn man uns lässt. Der Vater daheim, die Schwester in der Klinik, ich in der Schule, mit offenen Augen, die Mutter, die in den Sommerurlauben am Meer und in den Winterurlauben im Schnee schläft und schläft. Auf der anderen Seite sind die Wachen, sie schlafen immer erst, wenn es dunkel ist. Unsere Welt, die des Schlafs am Tag, ist ihnen verborgen, und so sind es auch die Geheimnisse, die der Schlaf preisgibt.

Es gibt uns und die anderen.

Am Abend sitzen wir immer noch im Wohnzimmer, alle außer mir reden. Der Vater isst vom Holzbrett am Wohnzimmertisch, vor ihm über eine komplette Zimmerseite das Fenster und die Tür zu Terrasse und Garten, um ihn herum die modernen Regalsysteme, passgenau eingesetzt von Möbel Schweidtmann, Berliner Allee. In ihnen befinden sich alle Bücher, in einem durch zwei Schlösser abschließbaren Fach außerdem der Thorens TD-125, Nussbaumfurnier: »Made in West-Germany under Swiss licence.« Der Vater legt den Barzel auf die Fensterbank, erhebt sich und stellt sich vor den Thorens im Fach des Schweidtmann-Regals. Lange betrachtet er den Thorens. Dann ergreift er ein Fläschchen aus der Tiefe des Fachs in der Schrankwand, sprüht in das Gelenk des Tonarms, verharrt, betrachtet wieder den Thorens. »Keiner geht an den Thorens, wenn ich nicht da bin.«

Im Herbst 1975 bringen wir von Herrn Brockkötter aus dem Funkhaus Evertz die Langspielplatte Wish You Were Here mit nach Hause. Während der Heimfahrt nach Büderich sichert die Schwester im Fond des Citroën die Langspielplatte in der dunkelgrünen Evertz-Tüte, indem sie sie auf ihren Schoß legt und die Platte während der Bodenwellen auf der Niederlöricker Landstraße oder bei der Querung der Straßenbahngleise an der Haltestelle Am Landsknecht jeweils kurz anhebt. In Anwesenheit des Vaters wird die neue Schallplatte auf dem Thorens entweiht, bevor sie auf dem

Teller des Duals im Zimmer der Schwester den Linienbetrieb aufnimmt. Die Bonhoefferstraßenpremiere von Wish You Were Here ist eine Respektsbekundung des Vaters, nicht nur gegenüber dem Kind und dem Jungen, die wochenlang warten mussten, bevor die neue Lieferung der ständig ausverkauften Langspielplatte bei Herrn Brockkötter angekommen ist. Die Thorens-Premiere ist auch die knappe Verneigung des Thorens-Besitzers und Jazz-Kenners gegenüber den Künstlern von Pink Floyd, denen er mit Misstrauen, aber auch mit Neugier begegnet.

Das zunächst mühsame, dann schwerelose Schleifen des mächtigen Tellers, als er den Thorens in der Schrankwand unter Strom setzt. Er schaltet den Marantz-Verstärker ein, es folgt das Rauschen aus den Rogers-Boxen. (»Die Boxen sind im Gebrauch in den Studios der BBC in London!«, hatte der von Herrn Brockkötter empfohlene Verkäuferkollege bei Evertz versichert.) Der Verstärker sollte ursprünglich in das abschließbare Thorens-Fach des Wandschranks mit integriert werden, aber Herr Schweidtmann, der den Schrank an der Gartenseite des Wohnzimmers in die Ecke gebaut hatte, sah sich wegen der Größe des ebenfalls mit Furnierholz verkleideten Marantz dazu nicht in der Lage.

»Das tut dem Thorens auch nicht gut, Herr Gorkow, wenn der Marantz ihm so nahe kommt. Der Marantz schwingt. Das geht in den Kreislauf vom Thorens. Die Geräte äußern sich dann.«

(Der ratlose Vater.)

»Wie denn?«, ruft der Vater.

»Bitte?«, so Herr Schweidtmann.

»Wie äußern sich die Geräte?«

»Das hören Sie, Herr Gorkow. Die seufzen.«

»Aha«, ruft der Vater.

Also stellten sie den zweistöckigen Marantz nicht in das

abschließbare, nur durch eine tobleronegroße Halogenröhre an der Rückwand innen beleuchtete Fach des Thorens. Sondern sie hievten den Marantz ins Fach über dem Fach mit dem Thorens. In das Thorens-Fach stellte der Vater stattdessen nach Größe geordnet Fläschchen und Bürsten, Öle, Essenzen, Reinigungsalkohole, Tonkopf- sowie Schallplattenreiniger und dazu einen 5er-Turm mit BASF-Chromdioxid-II-Kassetten (Aufnahmen fürs Auto). Es riecht nach Holz, Eisen und Elektrik, ein Duft nach Verlässlichkeit, Präzision und elektrischer Ewigkeit.

Herr Schweidtmann hatte dann ein Loch in die Decke des Thorens-Schrankwand-Fachs gebohrt und den Thorens mit dem Marantz im Stockwerk drüber verkabelt, sodass die beiden Geräte sich nun nicht zu nahe kamen, aber doch in Verbindung standen. Insgesamt war der Vater gemeinsam mit Herrn Schweidtmann der Auffassung, dass der in der Schrankwand zur Verfügung stehende Raum auf diese Art perfekt genutzt wurde. Der Vater war endlich zufrieden, denn die Idee zur Nutzung des kompletten Wohnzimmerraums an der hellen Seite, der Gartenseite, war seine Idee gewesen.

Es gibt eine Tür zum Abschließen des Thorens-Fachs, den Schlüssel verwahrt der Vater unter der ledernen, mit einer fast verblichenen Goldprägung versehenen illustrierten Hausbibel von 1889 (ein Geschenk von Onkel Seebald in Danzig zum siebten Geburtstag des Vaters im Jahre 1932), was niemand wissen darf, und so lassen wir ihn im Glauben, dass wir nicht wissen, wo der Schlüssel ist, um ihn nicht zu enttäuschen, wenn er sich misstrauisch umschaut, bevor er den kleinen Schlüssel unter der Bibel hervorfingert, um das Fach mit dem Thorens aufzuschließen.

Als der Marantz knurrt, gleiten Wellen durch den Raum, wir stehen unter Strom.

»Die ganze erste Seite besteht offenbar nur aus einem Lied«, sagt er bei der Uraufführung. Der Kopf steckt im Schweidtmann-Wandschrank, die Hornbrille sitzt auf der Stirn, so rotiert der Vaterkopf beim Betrachten der Beschriftung in der Mitte der Platte im Schrank synchron mit. »Shine on you crazy … *Diamant.*« Ein g-Moll-Akkord, die sofort sakrale Dimension, ein beunruhigender Ton. »Nein!«, brüllt er, »es ist noch ein zweites Lied auf dieser Seite, da haben sie noch eins untergebracht!« Sein weiter über der sich drehenden Platte rotierender Kopf. Er ascht ins Zinntellerchen neben dem Thorens. Der blaue Faden, der sich aus dem Wandschrank windet, über die cockpitartige Instrumententafel des Marantz, weiter an den roten Buchrücken entlang (»Deutsches Bühnenjahrbuch 1957«, »Deutsches Bühnenjahrbuch 1958«, »Deutsches Bühnenjahrbuch 1959«). Oben verteilt sich der Faden in die eisblaue Fläche, den schwebenden Teppich aus Nikotin. Er brüllt: »Welcome To The Machine heißt das zweite Lied auf dieser Seite! Mein lieber Scholli! Junge, Junge!«

»Pssst!«, so die Schwester.

»Also ein langes Lied plus …«

»Pssst!«

»Plus ein kürzeres! Welcome To The Machine! Willkommen in der Maschine!«

»Pssst!«

Er dreht am Volumenknopf, da der Schwester und mir der Weinglas-g-Moll-Akkord zu Beginn von »Shine On You Crazy Diamond« als zu leise erscheint. Dann wird Rick Wrights Akkord lauter, also steht er wieder auf und dreht den Volumenknopf zurück. Der Akkord flimmert, es ist, als ob einem jemand den Schädel innen neu tapezierte, lila und eisgrau, ich kann es genau sehen. Ich starre sicherheitshalber aus dem Fenster und hoch in den Himmel. Er prüft, neben der

Schrankwand stehend, wie sich die ganze Sache, die die vier Männer von der Abbey Road angerichtet haben, noch entwickeln wird. Zeit haben sie ja offenbar, immer noch hört man nur den Weinglas-Akkord. Der Vater wird nervös.

»Lass bitte so laut, Papa!«, sagt sie streng.

»Das ist zu laut.«

»Das m-muss so laut sein«, ich sekundiere der Schwester.

»Wenn ihr nicht die Klappe haltet, hört ihr das woanders!«

Immer noch der g-Moll-Akkord. Wann geht es wohl los?

»So hat es eigentlich keinen Sinn«, jammert die Schwester, »so ist es zu leise.«

Er steht auf und macht es wieder lauter. Wir hören keinen Unterschied.

»Man hört keinen Unterschied, es ist immer noch zu leise, glaube ich«, sagt sie.

Er läuft durch das Wohnzimmer und ruft: »Ich mach mir hier nicht durch die Musik dieser Herrschaften meine Anlage kaputt. Ich bin doch nicht bescheuert.«

Jetzt addiert sich Gilmour mit seiner Gitarre ins Lied. Die vier Töne auf der Black Strat. Viermal die vier Töne, dann mit einem Mal die Wucht der Band. Wir schauen uns an. Ich schaue vor allem die Schwester und den Vater an. Er inhaliert, atmet wie immer keinen Rauch aus und stiert ohne Brille in den Garten, hier und da auf die Uhr, indem er sie nur wenige Zentimeter vor seine Augen hält. (Er ist alles gleichzeitig, kurzsichtig, weitsichtig, stabsichtig, keine Ahnung.) Er ruft in Shine On You Crazy Diamond hinein: »Um 18 Uhr kommt die Mama, dann müsst ihr mit der Platte …«, die Schwester schreit: »Ruhe! Bitte Ruhe!«

Bei Have A Cigar auf der anderen Seite der Platte bekommen die Schwester und ich uns in die Haare.

Wer singt? Sie sagt Waters, ich Gilmour. Ich beharre auf

Gilmour, sie sagt, ich sei ein Spasti. Der Vater ruft: »Ich höre eine Schallplatte. Ich kann sie ausmachen. Ich mache sie gleich aus.« Beim Blick in die Cover-Lyrik erfahren wir, dass Roy Harper den Song singt. Wer ist Roy Harper? Es gibt keinen Roy Harper bei Pink Floyd. Haben sie einen Neuen verpflichtet? Wozu? Wurden Waters oder Gilmour während der Aufnahmen krank? Wurden beide krank, sodass sie niemanden mehr hatten zum Singen?

Die Schwester sucht weiter die Plattenhülle nach Zeichen und Informationen ab, und exakt als Have A Cigar 4 Minuten und 52 Sekunden alt und also fast zu Ende ist, kippt in den Rogers-Boxen das Lied weg. Es ist ein schlimmer Riss zu hören, es zerreißt wer Papier oder eben eine Leitung. Der Vater springt aus dem Sessel, das Lied ist in der Breite verschwunden und nur noch fadendünn zu hören, wie aus einem Transistorradio, der Riss sägte es entzwei. Er ruft: »Jetzt haben sie mir meine Rogers-Boxen ruiniert! Oder meinen Marantz!« Er dreht an den Knöpfen des Marantz. Dann aber folgt nach dem verwehten Radioeinstieg glasklar Wish You Were Here, alles ist plötzlich wieder gut, hatte sich der Thorens (oder der Marantz) geäußert?

Die Schwester weint, da das Lied Wish You Were Here so schön ist (sofort weine ich auch), und erst danach setzt er die Nadel erneut auf Have A Cigar, wieder hören wir Herrn Roy Harper, den wir nicht kennen, wieder schockiert uns der Riss nach 4 Minuten und 52 Sekunden.

Er ruft: »Wieso können sie das mit den Effekten nicht lassen!«

Der Vater ist im Moment des Risses nicht, wie so oft, angespannt oder gereizt. Er ist stattdessen nicht mehr bei sich, flippt aus, reißt der Schwester die Plattenhülle aus der Hand und sucht ebenfalls die Hülle nach Informationen ab, er ruft: »Haben sie Informationen abgedruckt, wie diese Platte auszusteuern ist?« Er kennt sich aus mit durchdrehenden Schallwellen (Miles Davis, »Bitches Brew«). Aber hier geht es ja offenbar akut in die Elektrik seiner Stereo-Anlage. Er prüft beim ersten Hören des Liedes Ein- und Ausgänge. Goldene Kabel, Stecker, Buchsen. Er erwägt, Herrn Brockkötter bei Evertz anzurufen. Herrscht Gefahr für den Marantz oder die Rogers-Boxen, wenn der Thorens vom Pink-Floyd-Vinyl die ungeheuren Signale abnimmt und sie zum Marantz schickt?

»Ich weiß nicht, wieso sie das machen«, schnauzt er: »Hokuspokus!«

Um die Roy-Harper-Frage zu klären, wird sie, nachdem wir die Platte ein paarmal gehört haben, einen Brief an »Pink Floyd, c/o Harvest Records« in London aufsetzen, es ist nicht ihr erster. In den anderen beiden Briefen hat sie ihre Eindrücke zu Atom Heart Mother, Meddle und vor allem Dark Side Of The Moon beschrieben, wesentlich zu den Liedern »If«, »Fat Old Sun«, »Echoes«, schließlich zu einem Lied ohne Text, nämlich zur dramatischen Improvisation von Clare Torry in »Great Gig In The Sky«. Es geht nun wieder darum, das Album warm zu hören. Dies kann nicht heißen, dass man die Platte hin oder wieder auflegt, sondern es heißt, sie sich zu erarbeiten, ihr zu folgen. Wie schon Dark Side Of The Moon, so würde sich auch dieses Album von nun an entwickeln. Diese Schallplatten sind nie fertig, sie dehnen sich aus wie die Bilder des großen Julius Bissier an der Esszimmerwand und gewinnen so täglich an Zauber. Das Werk erhält eine Farbe, die Farbe wird von der Schwester mit dem Bruder geteilt, sie geht über vom Kind zum Jungen.

Ich schwimme auf den Wellen. David Gilmour singt *We are two lost souls swimming in a fish bowl year after year.* Ich sage in die Musik hinein, weshalb es keiner hört, ich sage also nur für mich: »Die anwesenden Parteien zeigten sich nach ihrem Treffen in Schloss Rambouillet südwestlich von Paris zuversichtlich, dass die Konsultationen zwischen beiden Ländern im Geiste der Freundschaft fortgesetzt werden.«

Reißmüller

Wir sitzen im Rauch, der Vater isst die Brote mit Pata Negra, dabei doziert, raucht und liest er. Die Dunhill glüht im Zinnaschenbecher links neben dem Brett mit dem Pata Negra, vor dem Brett steht die Flasche mit dem Weißwein, ein Albariño aus Galicien, eine in Deutschland noch fast unbekannte Sorte. Der Sommelier Herr Moll von Feinkost Münstermann am Karlsplatz hat nur rund 100 Flaschen einer kleinen Winzerei erstanden, sechs davon hat er dem Vater verkauft. »Herr Gorkow, Pfirsich, und dann, wenn sie gut aufpassen und nachklingen lassen, schmecken Sie das Salz des Atlantiks.« (Der misstrauische Blick des Vaters auf Herrn Moll. Die Sorgfalt, mit der er die Flaschen im Kofferraum des Citroën verstaut, nicht in Papier, sondern in Tuch eingewickelt.) Rechts neben dem Brett und dem Glas mit dem strohgelben Albariño liegt die Titelseite der FAZ mit dem *Leitartikel von Reißmüller*. Er legt Pata Negra auf das geröstete Brot, beißt, weil er auf den Reißmüller schaut, erst neben das Brot, dann hinein.

»Anneliese, hast du den Reißmüller gelesen?«

Sie schaut ihn an und sagt nichts. Er schaut jetzt sie an statt den Reißmüller.

»Hast du den Reißmüller gelesen?«

»Ich nehm ihn mit ins Bett.«

Die Schwester sagt: »*Reichs*müller.«

Er schaut auf seine Tochter, die barfuß und im Schneidersitz auf dem dänischen Teaksofa sitzt, grinst, noch einmal »Reichsmüller« sagt. Er lässt sich nicht provozieren. Stattdessen stellt er seiner Frau diese Frage: »Warst du bei Spieker, um Zigaretten zu holen?«

»Haben wir keine mehr?«

Die Mutter inhaliert. Bei ihm treten die zwei geraden Linien zwischen den Augenbrauen hervor. Er kann sich nun nicht mehr auf den Reißmüller konzentrieren. Unglücklich schaut er auf das Brett mit dem Pata Negra und dem Brot, ihre Augen hingegen wandern hin und her, auf ihn, den essenden und rauchenden Mann, hinaus auf die Terrasse, in den Garten. Dann raucht sie halt nur noch zehn heute Abend, egal, irgendwo hat sie noch Zigaretten, nein? Er versteinert. Keine Zigaretten. Oder nur noch zwanzig.

»Drum hatte ich heute früh gesagt, es muss jemand zu Spieker, Zigaretten holen.« Spieker hat jetzt zu. Der Zigarettenautomat auf der Dorfstraße ist kaputt. Der nächste ist im Balkan Grill. Dort aber wird er mit Drago einen Slibowitz trinken müssen und *reden*, er kann nicht nur hingehen und Zigaretten holen. Die Schwester soll in den Balkan Grill gehen und Zigaretten holen. Sie sagt, sie warte auf einen Anruf.

Er wiederholt: »Darum hatte ich heute früh gesagt, es muss jemand zu Spieker und Zigaretten holen.«

Schreibwaren Spieker besteht aus zwei Frauen, die beide je eine Bienenkorbfrisur tragen, so groß, als hätten sie beim Friseur vergessen, die Trockenhauben abzunehmen. Akkurat befinden sich die beiden Spiekerfrauen im Laden im rechten Winkel gegenüber. Die eine sieht man, wenn man eintritt, links vor dem Regal mit den Schreibwaren stehend. Meterhoch und nur zum Teil durch die Frisur verdeckt reihen sich hinter ihr die Fächer mit den Briefbögen, Umschlägen, Heftern. Die andere, mondänere, die im Gewürznebel der Rauchprodukte verharrende Tabaksfrau, schaut dem Kunden unternehmungslustig ins Gesicht, dahinter die Wand voller Zigaretten, rechts die Zeitungen und die speckigen, vom Vater gehassten *Zeitschriften für die Frau* und dergleichen mit den belämmerten Gesichtern drauf.

Sind die Spiekerfrauen Schwestern? Beide werden Frau Spieker gerufen, man sieht sie ausschließlich im Laden, nie im Dorf. Zunächst wenden wir uns nach Eintritt in das Geschäft von der Dorfstraße nach links zu den Schreibwaren, ich sage »Guten Tag, Frau Spieker, einmal Pelikan-Patronen und einen Killer«, wir drehen uns nach halbrechts zur Tabaksfrau, meine Schwester, die inzwischen raucht, sagt zur Tabaksfrau »Guten Tag, Frau Spieker, eine Packung Camel und fünf Stangen Dunhill«.

Der Vater hält das Brot (Hinkel, Karlsplatz) und starrt auf den Belag, den er manierlich, dabei redend wie rauchend, hergerichtet hat: den Pata Negra, darauf einen Tropfen Olivenöl, darauf eine Prise aus der Pfeffermühle. Ein weiteres Quadrat gerösteten Brotes bestreicht er mit Dijon-Senf. Er gießt vom Albariño nach und sagt: »Man schmeckt das Salz des Atlantiks.« Durch den Senf, sagt er, wird alles bekömmlich, *der Senf regelt den Verkehr*. Der Albariño, dazwischen die Zigarette, alles gut für die Verdauung. Im Anschluss der Cognac, *der Cognac räumt den Magen auf.*

Er kommt auf Johann Georg Reißmüller zurück.

Er will aus dem Leitartikel von Reißmüller vorlesen, da es vor allem für die Tochter gut ist, wenn sie ihren Horizont erweitert, statt sich, wie es seit einigen Monaten geschieht, nur die Theorien der jungsozialistischen Schülergruppe reinzupauken. Im Oberstufenraum ist, obwohl parteipolitische

Veranstaltungen in der Schule verboten sind, etwas im Gange. Offenbar wahrt der Kreis, angeführt von einem sozialistischen Kader aus der 12/2, nach außen so gerade noch den Anschein der Überparteilichkeit, dabei wurde wohl bereits ein Solidaritätspaket verschickt für die *politischen Gefangenen in Stammheim:* ein Marmorkuchen, Vanilletee aus dem indisch-afghanischen Laden auf der Ratinger Straße in Düsseldorf, von dort auch eine Auswahl Palästinensertücher, dazu LPs von David Bowie, Kraftwerk und Pink Floyd. Es gab Protestnoten aus der Schüler Union, der »Ferkelschule der Jungen Union«, wie die Schwester sagt, aber das Geschenkpaket nach Stammheim war nicht nachweisbar. Seit einigen Monaten halten Untergruppen beider Gruppen, der jungsozialistischen wie der jungkonservativen, in der Schule »Informationsabende« ab. Während die Mutter und die Schwester reden, sodass er nicht dazu kommt, aus dem Leitartikel von Reißmüller die Stellen vorzulesen, die er sich im Büro zur Vorbereitung angestrichen hatte, rede ich weiterhin nicht. Er legt den Reißmüller ab, schaut auf mich, dann auf seine Frau.

»Hat der Junge gegessen?«

»Der Junge hatte die Nudeln, mit Eiern und Speck.«

»Und du?«, fragt er die Tochter.

»Ich habe keinen Hunger«, sagt sie. »In der Zeitung stand, dass Pink Floyd nächstes Jahr wieder in die Philipshalle kommen. Sie mussten letztes Mal in der Halle alle Türen aufmachen, vorne und hinten. Weil so viele Menschen da waren.«

»Es war die richtige Entscheidung der FAZ, Reißmüller zum Mitherausgeber zu machen, Anneliese.«

Johann Georg Reißmüller und die FAZ sind der Mutter, anders als ihm, egal. Während der Vater weiter von Reißmüller redet, taucht sie ab und schaut ihm zur Tarnung weiter in die Augen. Derweil schwimmt sie ersichtlich durch Gedanken, dabei stößt sie immer an dieselben Fragen. Wenn sie mit

Kind Nummer 1 wegen des Herzens in die Universitätsklinik fährt, hat sie seit einigen Monaten auch den Jungen dabei. Ist Kind Nummer 1 in der Kardiologie und der Junge in der Logopädie, sitzt sie im Café vor dem Haupteingang der Klinik, und wenn sie später zurück ist mit ihren Kindern, denkt sie nicht an Reißmüller. Das Fräulein Lehrerin hatte mitgeteilt: Der Junge schaut aus dem Fenster und folgt nicht dem Unterricht. Er gibt gedankenlose Antworten in Klassenarbeiten.

Aufgabe: »Nenne fünf Gemüsesorten, die die Mutter auf dem Markt einkauft!«

Antwort: »Ja, fünf.«

Es wird empfohlen, dass der Junge einen sogenannten Intelligenztest macht. Es geht um die Eignung für das Gymnasium. Herr Waltherspiel, der Logopäde und Fan der Dubliners, sagt, der Intelligenztest sei in der Universitätsklinik nur einen Gang weiter. Er sei zuversichtlich.

Der Vater versichert, dass Reißmüllers Korrespondentenberichte aus Belgrad diesen letztlich zur Mitherausgeberschaft bei der FAZ prädestiniert hätten. Reißmüller sei »ein Kenner Titos«.

Die Mutter hat vor wenigen Monaten einen Brief vom Suchdienst des Roten Kreuzes bekommen. Der Brief liegt lange auf dem Sekretär im Wohnzimmer. Das Schicksal ihres Vaters sei *auch nach Auswertung neuer Erkenntnisse betreffend die in Russland im Winter 1944 zerriebene Einheit in letzter Konsequenz nicht aufzuklären.* Nahezu sicher sei *der Vater in unwegsamem Gelände bei heftigen Gefechten Ende Januar 1945 gefallen.*

Mit dem Brief sitzt sie im Garten, neben ihr sitzt unser Freund, der Pfarrer Hütt vom evangelischen Pfarrhaus am Ende der Straße, der Mann meiner Patentante Ilse. Er probiert vom Albariño. Onkel Hans schaut auf mich, dann nach oben in den Quittenbaum, er sagt: »Junge, wenn du lange genug genau da sitzen bleibst, wo du jetzt gerade sitzt, fällt dir in wenigen Monaten eine Quitte auf den Kopf.« Über mir entsteht eine Quitte, noch ist sie klein. Ich lächle ihn an, er lächelt zurück, wir sitzen da und sagen nichts.

Onkel Hans sagt nun der Mutter, dass die Menschen in Japan sogar die Dinge beseelt sehen, die Kaffeemaschine, den Kochlöffel, den Schraubenzieher. Alles habe eine Seele. Alles sei voller Zeichen und habe jeweils auch ein Gemüt. Der Himmel und alles unter ihm. Sie verbeugen sich in Japan vor ihren Zahnbürsten, denn wer weiß. Die Mutter steht auf, sie verbeugt sich vor dem Quittenbaum. Im Wohnzimmer legt sie den Brief vom Roten Kreuz in den Sekretär.

Ihr Mann ruft: »Die Deutschen haben es so gewollt. Es ist alles dokumentiert. Goebbels im Sportpalast. Zähl die Arme und Köpfe! Die Finsternis ist endlos!«

»Mein Vater war nicht bei Goebbels im Sportpalast«, sagt sie.

Sie fragen sich, ob sie nicht den Rest der Bestände des Albariño von Herrn Moll bei Münstermann zurücklegen lassen sollten. (Hans Hütt hatte darum gebeten, auch für ihn einige Flaschen zu sichern, sechs, besser zwölf.)

»Ganz Oberbilk war voller Menschen, die Pink Floyd sehen wollten. Die Bullen meinten, es seien 100 000 Menschen da gewesen.«

Er legt das Brot ab. Wie immer sitzt er auf der Kante des Sessels. Er sagt: »Es handelt sich nicht um die Bullen, sondern um die Polizei. Da sind wir uns einig?«

»Na ja«, sagt sie.

Sie hält den Kopf schief, legt die Haare über die Schulter, das indische Hemd, die Andeutung von Patchouli (ebenfalls, wie der Vanilletee für Baader und Ensslin, alles vom Laden auf der Ratinger Straße). Sie fixiert den Vater. Er öffnet den Mund, um weiterzureden. Aber sie geht nun mal durch die Schulungen im Oberstufenraum und kommt ihm zuvor. Ruhig führt sie aus: »In dem Sinne sind wir uns einig, Papa, dass die Bezeichnung am Ende egal ist für das, was die Handlanger des Systems kennzeichnet, nenn es Bullen oder Polizei oder SS. Einerlei. Sie alle dienen dem System, und insof...«

»Einerlei, aha. Was ist *das System*, gnädige Frau, wenn ich fragen darf?«

Die Mutter: »Wer außer mir möchte denn einen schönen Campari?«

»Das System«, referiert die Schwester, »betreibt die Ruhigstellung der Massen durch fadenscheinige Angebote, vor allem durch das Fernsehen. Geh hoch zu Herrn Kothen und seinem Spastisohn, da hängt ein Ölporträt aus dem Kaufhof an der Wand, es zeigt Peter Alexander. Ich sage nur: Heino, Cindy und Bert, Peter Alexander. Herr Kothen ist betäubt. Er führt ein entfremdetes Leben.«

Heino? Ich schaue auf.

»Dies alles«, fährt sie fort, »damit das Establishment weiter seinen Geschäften und Kriegstreibereien nachgehen kann, die durch die ruhiggestellte Masse ja nicht mehr infrage gestellt werden. Die Masse verzichtet auf Teilhabe und Mitbestimmung, freiwillig, in Wahrheit betäubt von sedierenden Unterhaltungsangeboten, in der restlichen Zeit wiederum terrorisiert durch die autoritären, ordnungsliebenden Anweisungen der Schweinepresse, etwa der Rheinischen Post, der Bildzeitung und natürlich durch die Bekanntmachungen *Reichs*müllers in der FAZ. Denn der wahre Terrorismus ...«

»Bekanntmachungen?«

»Und so protestiert die Masse nur noch lethargisch oder eben gar nicht mehr gegen diese totale Scheiße, dass überall noch Nazis das Schweinesystem füttern. Und sich zugleich an ihm bedienen. Erneut zeigt sich wieder das bourgeoise ...«

Er springt auf. Mit Zeigefinger und Daumen der rechten Hand bildet er einen Kreis und hält diesen Kreis vor die Schwester. Er sagt aber nichts, er ist blockiert. Er ruft: »In meinem W-wohnzimmer ...«

Er stottert?

Ich bin beeindruckt von der Schwester und sehe, dass der Vater, der der Chef ist, das Problem vom Schweinesystem unterschätzt. Gut, dass wir die Schwester zusätzlich haben. Es liegt auf der Hand, dass dem tückischen Österreicher Peter Alexander nicht zu trauen ist, und auch, dass der Düsseldorfer Heino Todesgefahr bedeutet. »Die Musik der Mörder«, sagt die Schwester. Als Heino bei Heck sein Lied vom Polenmädchen sang, da war es doch der Vater, der beim ZDF anrufen wollte, um die Darbietung zu unterbinden.

»Und dann wüsste ich gerne«, brüllt er, »wer, wenn 100 000 junge Menschen zum *Jazzkonzert* von Pink Floyd in die Philipshalle wollen, aber nur 7000 in die Philipshalle passen, wer dann für die Ordnung sorgen soll? Die Polizei ist hilfreich, bevor ihr euch tottrampelt, und vielleicht würden einige der jungen Beamten selber lieber dem Jazzkonzert der Pink Floyd in der Philipshalle zuhören statt bei der SS oder SA Dienst zu schieben, nicht wahr, oder was?!«

Sie zieht an der Camel, inhaliert, sagt nur: »Rock. Kein Jazz.«

»Die Jungs kommen vom Jazz!«, brüllt er: »Lass auch das meine Sorge sein! Dein Vater weiß, wer vom Jazz kommt und wer nicht!«

»Na ja, es ist jedenfalls Rock.«

»Die Jungs kommen vom Jazz!«

Die Mutter: »Möchte denn jetzt wer einen schönen Campari? Mit Eiswürfeln?«

Die Schwester: »Die Bullen sind willkommen, auf unsere Seite zu wechseln.«

»Bitte?« Er verfärbt sich.

»Herzlich willkommen! Nur eben ohne Uniform und Knarre.«

»Das ist ja liebenswürdig!«

»Sie müssen sich entscheiden. Wir reichen ihnen die Hand.«

Er brüllt: »Dein Vater sitzt in seinem Wohnzimmer und isst! Er duldet nicht, dass in seinem Wohnzimmer von Bullen …«

»Da geh ich auch hin, w-wenn die kommen«, sage ich: »Ich gehe mit zu P-mp …!«

Die Schwester erzählt von Gerry O'Driscoll, dem Pförtner des Abbey Road Studios. Die Stimme von Gerry O'Driscoll ist vor »Great Gig In The Sky« zu hören. Roger Waters, mit seinem Tonbandgerät, fragte O'Driscoll, ob er Angst vor dem Tod habe. Paul McCartney, mit den Wings im Studio nebenan und von Waters ebenso zur Rede gestellt, soll nach dieser Frage lange nachgedacht und dann ausführlich geantwortet haben. Er schaffte es nicht auf die Platte von Pink Floyd. Gerry O'Driscoll antwortete hingegen sofort, er dachte keine Sekunde nach. Nein, er habe keine Angst vor dem Tod, jeder stirbt, wieso soll er Angst vor dem Tod haben. Er sagt, und so ist es auf der Platte: »Any time will do.«

Immer wieder spielt die Schwester Gerry O'Driscoll vor, immer wieder der Beginn von »Great Gig In The Sky«, dann Richard Wright, das Piano.

»Sie sind begabt, die Herrschaften.« Er kaut, nimmt einen Schluck vom Albariño und sagt »Der Wein müsste im Grunde wieder gekühlt werden«, er atmet tief ein und aus. »Sie orientieren sich am Jazz. Vor allem der Junge am Klavier.«

»Quatsch«, sagt die Schwester.

Er legt das Brot mit dem Pata Negra ab und presst die Lippen aufeinander. Dann sagt er: »Ich möchte nicht, dass mein Kind Quatsch zu seinem Vater sagt, wenn er sagt, dass sich die Jungs am Jazz orientieren.«

»Pink Floyd sind eine Rockband, Papa, und …«

»Ich gehe mit, wenn P-mp Hink …«

»Der Junge an der Orgel ist am Jazz geschult, und zwar am Bebop!«, schreit er.

Die Mutter mutmaßt ruhig und freundlich, die Langspielplatte sei wohl eine Verarbeitung der Mondlandung von Armstrong und Aldrin, im Sommer vor ein paar Jahren. Da war ich knapp drei Jahre alt gewesen und hatte angeblich die Fernsehübertragung (oder Teile davon) mit ihr und der Schwester im Schlafzimmer gesehen, in ihrem Bett kauernd. Keine Erinnerung meinerseits. Sie fürchtete damals kaum um Armstrong und Aldrin oder um Collins, der zwischen Erde und Mond alleine in seiner Kapsel hockte. Sie fürchtete um ihre Kinder auf der Erde. Was, wenn durch die Landung auf dem Mond etwas hier unten bei uns ins Ungleichgewicht kommt? Was, wenn die Kinder dadurch in zusätzliche Gefahr geraten? Was heißt unbedenklich?

Er nimmt wieder die FAZ zur Hand. Er legt sie wieder ab und ruft:

»So, jetzt ist der Albariño deutlich zu warm. So hat es keinen Sinn. So kann man ihn fast nicht mehr trinken.« Dann: »Es sind die Phrasierungen von Miles Davis. Der Junge an der Orgel und am Klavier grundiert diese Musik und all diese Verzerrungen mit Bebop. Das ist heute alles möglich. Die machen, was sie wollen!« Er lacht kurz. Er ist der Chef. Es ist sein Wohnzimmer. Lachen, kauen, trinken, schlucken, rauchen.

»Das geht heute alles. Es ist eine freie Welt. Sie sind raffiniert, die Jungs von Pink Floyd.«

Die Schwester: »*Reichs*müller.«

»Es ist natürlich kein reiner Bebop. Wenn du das einem Bebopper vorspielst, wird der verrückt. Dem wird schlecht. Das ist heute alles Kuddelmuddel. Adorno wäre nicht froh geworden. Aber man sieht, wo er gelernt hat, der Junge am Klavier. Es ist *eklektisch*. Aber gut gemacht.«

Ich sage: »Ek-klektisch und gut g-gemacht.«

Alle schauen mich an und reden dann weiter.

Der Vater: »Hat der Junge jetzt noch Hunger oder nicht?«

Die Mutter: »Nein. Ich glaube nicht.«

Die Schwester: »Er hatte schon Nudeln.«

Der Vater: »Wieso probiert er nicht vom Pata Negra?«

»Lass ihn doch, wenn er nicht will!«, sagt die Schwester.

Lange sagen alle nichts. Dann fragt die Mutter: »Hast du noch Hunger?«

Ich antworte nicht.

Dann: »Was ist ek-klektisch?«

Als die Schwester antworten möchte, hält der Vater die Hand in die Luft. Nachdem er geschluckt hat, schwebt die Hand immer noch neben seinem Kopf, mit der anderen Hand ergreift er das Weinglas, trinkt, schluckt, dann sagt er: »*Eklektisch*. Sie nehmen sich von allem etwas, sie zitieren, so nennt man es, und gestalten auf diese Art etwas Neues und womöglich in seiner Art …«

Die Schwester schaut schon eine Weile ganz ergriffen, und nun, als er noch lange nicht fertig erklärt hat, was es mit dem Eklektizismus auf sich hat, sagt sie: »Sie sind Sozialisten.«

»Bitte?«, ruft der Vater: »Wer?«

»Pink Floyd sind Sozialisten.«

Er lacht auf und haut auf den Tisch. Wie, ruft er, können sie Sozialisten sein? Sind sie ein volkseigener Betrieb, wer bekommt das Geld, das sie verdienen, wenn 100 000 junge Leute in die Philipshalle drängen?

»Wesentlich«, sagt die Schwester, »geht es ihnen in ihrer Kunst einerseits um den Kampf gegen das Establishment, andererseits um die Befreiung des Einzelnen aus den Klauen des Systems. Das Establishment presst das Individuum in die Unmündigkeit, wie wir wissen. Statt nachzudenken und das System infrage zu stellen, verharrt der Einzelne wie gelähmt, er nölt, protestiert aber nicht mehr. Siehe die Kothens. Herr Kothen sitzt oben vor dem Ölgemälde aus dem Kaufhof, das Peter Alexander zeigt, der Österreicher ist sein Opium, sein Sohn steht unten vor der Einfahrt und zieht Popel aus der Nase. Holger Kothen befindet sich schon im Nirwana des Schwachsinns. Er wird nicht mehr herausfinden.«

»Aha, und wer verharrt noch gelähmt? Dein Vater? Verharrt der auch gelähmt?«

Die Mutter: »Wer möchte nun einen schönen …«

Sie sagt: »Du auch, Papa. Tut mir leid. Natürlich. Siehe Reichsmüller.«

Ihre Stimme zittert. Aber es musste wohl gesagt werden.

»Du fährst ins Büro. Du fährst heim vom Büro. Du liest Reichsmüller. Du sprühst die Rosen im Garten ein. Du isst Pata Negra und trinkst unbekannte Weine von Feinkost Münstermann …«

Er springt auf. »Ich bin gelähmt?«

Ihre Tränen.

Sie ruft: »Und das komplette Werk von Pink Floyd, Papa, handelt von nichts anderem als der Beschreibung der selbst gewählten, freiwilligen Unmündigkeit des Individuums, und vom Wahnsinn, dem die anheimfallen, die sich dagegen auflehnen! *I see you on the dark side of the moon.*«

»Interessant«, sagt die Mutter.

Die Schwester ruft: »Aber Wahnsinn hin oder her, es gibt

keine Alternative zum Protest, zur Auflehnung!« Sie war eben blass, nun wird sie blau.

Sie legt nach: »Mit dem Geld, das Pink Floyd einnehmen, decken sie die Kosten, die ihnen im Kampf gegen das Establishment entstehen. Grundsätzlich sind sie der Ansicht, dass Musik frei sein muss, dass sie nichts kosten darf. Aber natürlich benötigen sie *im gegenwärtigen Zustand der Gesellschaft* Geld, um Platten zu pressen und Tourneen zu finanzieren. Noch ist es nicht so, dass Pink Floyd durch den Aufwand, den sie betreiben, um den Kampf fortzusetzen, keine Kosten entstehen.«

»Wer sagt, dass sie Sozialisten sind?«, ruft er.

»Das ist bekannt«.

»Das ist bekannt, aha, und ein Ziel wäre es nun, dass das Pressen von Schallplatten und die Bereitstellung von Lastwagen für die elektrische Ausrüstung, die für die Tourneen der Pink Floyd herumgefahren wird, dass das alles umsonst ist?«

»Nein, es sollten lediglich die Kosten der Lastwagenfahrer und Bühnenarbeiter gedeckt sein. Sodass auch diese Menschen genug zum Leben haben.«

»Das ist aber freundlich.«

»Das ist das Ziel.«

»Sagt wer? Meine Tochter?«

»Pink Floyd sagen das.«

»Wer sagt, dass Pink Floyd das sagen?«

»Das ist bekannt.«

Er dreht den Kopf zum Wohnzimmerfenster, ich sehe, dass seine Haare zittern. Er dreht den Kopf zurück.

»Seid ihr verrückt geworden da in eurem Oberstufenraum?«, schreit er.

»Bleib sachlich, Papa.«

»Pink Floyd wollen kein Geld verdienen?«

»Nicht in dem Sinne, dass sie reich werden. Nur zur Deckung der Kosten, die ihnen das Establishment leider auferlegt. Sie verachten Geld. Sie betrachten es als Gas, das die vom System unterdrückten Massen betäubt, versklavt.«

»Gas?«

Er schnappt nach Luft.

Er stöhnt: »Ich kann mir das nicht mehr anhören.«

Sie wimmert: »Geh doch raus.« Dann schluchzt sie: »Der Wein von Münstermann muss doch eh in den Kühlschrank ... oder?«

Er schmeißt den Rest des Brotes auf den Teller. Seine Augen treten hervor. Die Schwester hatte neulich erklärt, dass Heino, der Nazi, unter einer Krankheit leide. Karsten Senftleben in seinem Kinderwagen leide unter einer ähnlichen Sache: Der Kopf steht unter Druck. Bei Heino treten deshalb die Augen hervor, noch mal weit deutlicher als jetzt gerade beim Vater. Ärzte, die Heino nicht nur in Ülpenich, sondern auch auf Reisen mit sich führt, sind dafür zuständig, mittels Kanülen, die Heino in den Kopf gesteckt werden, um Druckluft aus Heinos Kopf entweichen zu lassen. Andernfalls würde der Druck die Augen Heinos so weit hervortreiben, dass sie von hinten gegen die Gläser seiner Sonnenbrille stoßen. Die Brille würde durch die aus dem Kopf ragenden Augen auf der Nase so weit nach vorne geschoben, bis sie von der Nase fällt.

(Panik vor Heino. Der Wald. Die Dunkelheit. Der Ofen mit der halben Hexe.)

Er wendet sich an die Mutter und brüllt: »Meine Tochter verlangt, ich möge mein Wohnzimmer verlassen!«

»Wieso *dein* Wohnzimmer?«, sagt die Schwester.

Im Garten dämmert es. Wir schweigen. Der Vater schaut auf den Tisch. Hier liegt der Reißmüller. Die Traurigkeit, die das Ausrufezeichen in den Raum sendet, das er in bester Absicht im Büro mit einem Filzstift neben die Frakturüberschrift des Leitartikels gesetzt hatte. Vergeblich. Die Mutter beobachtet die Heilige Madonna mit ihrem Kind unter dem Mantel, ein Gemälde, das Werner Schmalenbach, der Nachbar, von einer Reise aus Südamerika mitgebracht hatte, es hängt über dem Sofa. Die Mantel-Madonna. Das Wirken von Pink Floyd ist gewaltig. In einer Illustrierten hatte ich Bilder gesehen von einem Konzert, eine runde Leinwand über den Musikern, auf der eine der Apollo-Raketen startet, von der Erde in den Himmel bis zum Mond. Viel Rauch auf der Bühne. Zwei nahezu verärgert konzentrierte Männer, die bis zu den Hüften im Rauch ihren Aufgaben nachgehen: David Gilmour über seiner schwarzen Fender Stratocaster, Roger Waters über seinem schwarzen Fender Precision Bass. Die beiden Sitzenden, Mason und Wright, sind auf einem weiteren Bild in der Illustrierten kaum mehr sichtbar im Rauch, man sieht von den beiden nur noch oben einen Teil der Haare. Auf einem dritten Bild ist nur noch Rauch und Licht, es sind keine Musiker mehr zu sehen. Sahen *sie* denn noch was? Bekamen sie Luft? Der Kampf gegen das System verlangte diesen Männern alles ab.

»Das musst du dir vorstellen, Anneliese. Die Schule, ein Umerziehungslager. Totalitarismus. So haben sie in Frankfurt Adorno getötet.«

Die Schwester: »Quatsch.«

Die Mutter: »Willst du deinen Vater womöglich um Entschuldigung bitten?«

»Adorno wurde nicht von den Protestierenden getötet! Das ist eine Propagandalüge!«

Der Vater schaut erst zu seiner Frau, dann zu seiner Tochter. Er geht den ersten Schritt, denn sie ist sein Kind. Hätte einer der Ärzte in den letzten 15 oder 16 Jahren recht behalten, wäre sie bereits tot.

Er lächelt seine Tochter müde an.

Sie seufzt und sagt dann zur Mutter: »Ich finde es schwierig alles. Weil er halt nicht in der Lage ist, auf Argumenten beruhende Systemkritik mit Gegenargumenten zu beantworten. Es folgt totalitären, letztlich faschistischen Mustern, wenn er hier Platzkarten oder eben Hausverbote für das Wohnzimmer erteilt, das er als sein Wohnzimmer bezeichnet. In dem Sinne ist das protofaschistisches wie auch neokolonialistisches Gehabe. Er ist da schon auch Despot.«

Er nimmt den Teller und geht aus dem Wohnzimmer. Man hört wenige Sekunden später, wie er die Badezimmertür hinter sich abschließt. Im Bad wird er das Fenster zum Hof mit den Garagen öffnen, durch die Gitterstäbe schauen wie ein Häftling und rauchen. Immer wieder sehe ich ihn da rausschauen und rauchen, wenn er seine Ruhe haben möchte. Dann komme ich draußen vorbei, und während er aus dem Badezimmerfenster in den Hof mit den Garagen schaut, schaue ich vom Hof mit den Garagen ins Badezimmerfenster. Hier und da gemeinsam mit Holger Kothen.

»Hallo, P-papa.«

»Hallo, Junge.«

Er wirft die Zigarette drinnen ins Klo (das Zischen), schließt das Badezimmerfenster, geht in den Garten, um dann halt dort in Ruhe zu rauchen. Schon sieht er sich von der anderen Seite des Zauns von Jupp Kallen betrachtet. Immerhin, mit Jupp Kallen muss er nicht reden.

Dann steht auch sie auf und geht in ihr Zimmer. Der Schlag der Nadel auf der Platte. Das Feld ist geräumt, die Mutter und ich hören von hinten, aus dem Zimmer der Schwester, den Herzschlag, dann den jungen David Gilmour.

Breathe, breathe in the air, don't be afraid to care

Leave, but don't leave me, look around, choose your own ground

Die Mutter sagt: »Was für eine schöne Stimme er hat.«

Sie fragt: »Hast du vielleicht jetzt Hunger?«

Ich wäge ab. Ja, ich habe Hunger. Aber seit einigen Wochen versucht die Mutter in der neuen Einbauküche Courage, die von uns geliebten Gerichte aus dem Spezialiätenrestaurant Balkan Grill zu kochen. In der Küche auf dem Fensterbrett liegt der mit Soßenresten versaute Umschlag des Buchs »Balkan Küche, Dobar Tek!«, der Auflagenkönig unter den Kochbüchern der Jahre ab 1970. In dem Buch befinden sich Rezepte aus Fett, Mehl, Paprika, Sahne, Salz, Muskelfleisch und zahllosen Innereien. Bald stellen wir fest, dass die Gerichte in dem Buch wenig mit der robusten Grillerei im Balkan Grill zu tun haben. Das Erfolgsbuch des Heyne Verlags ist unserer Auffassung nach zu ambitioniert. Die Gerichte aus dem Buch sind fremder, verwirrender. Die Mutter bereitet – misstrauisch ins Buch »Balkan Küche, Dobar Tek!« linsend – ein Gericht nach dem anderen zu. Sie gibt nicht auf.

Immer wieder blättert sie im Buch und legt dann von Neuem los. *Balkanische Milchcremesuppe*: »Mehl mit Butter anschwitzen, mit warmer Milch aufgießen. Eidotter verquirlen. Mit in Butter gerösteten Semmelwürfeln servieren.« Der Vater probiert, legt den Löffel ab und schaut in den Teller. Er hat als Junge in Russland Ratten, Katzen und Baumrinde gegessen. Aber das ist nun auch schon eine Weile her.

Tschorbahuhn mit Paprika (»Gewiegte Zwiebeln in Öl dünsten, das zerteilte Huhn einlegen«). *Dalmatinischer Pilaw* (»Huhn in acht Stücke teilen, auf die gedünstete Zwiebel legen, mit Knochenbrühe aufgießen«), *Lunge mit Herz* (»Lunge mit Herz in Salzwasser gar kochen und beides durch den Wolf drehen«), die Gerichte heißen *Hase in Tunke, Kartäuser Eierkuchen, Kohlrabi mit Hirnfüllung.*

Schließlich hoffen wir auf das einzige Gericht, das ansatzweise an die knusprige, salzige Lakonie der Küche des Balkan Grills erinnern könnte. *Rumänische gefüllte Bärentatzen:* »Haut und Haare der Bärentatzen mit einem scharfen Messer entfernen, während die Pfoten immer wieder in heißes Wasser eingetaucht werden. Knochen und Klauen entfernen. Die Tatzen mit einer Farce aus gehackten Pilzen, gewiegtem Schinken, Ei, Salz und Pfeffer füllen, in Pergament einwickeln, im Rohr eine Stunde braten.«

Die Mutter telefoniert. Es gibt keine Bärentatzen in Düsseldorf. Auch nicht bei Münstermann.

In Gedanken sehe ich das Bild der Gurman-Platte aus dem Balkan Grill. Die Gebirgskette von Paprikareisbällen und Pommes frites, darauf Schichten von noch Blasen werfendem, glühendem Fleisch, gehackt, gepökelt, verbrannt außen, zart innen, eine fantastische Konstruktion aus lebenswichtigen Proteinen, Salz zur Stabilisierung unserer Knochen sowie dem Fett für die Zeit, in der wir aus Gründen, die wir jetzt noch nicht abschätzen können, da wir sie noch gar nicht kennen, plötzlich werden *Hunger leiden* müssen. Im Balkan Grill wird nicht angeschwitzt in Mehl und Eiern, es werden nicht fünf Stunden lang Ohren und Nasen gekocht – es wird gegrillt, gesalzen und aufgetischt. Alles ist knusprig.

Ich möchte sofort in den Balkan Grill. Alle außer mir haben gegessen. Es ist dunkel draußen und spät.

»Ich habe eine Idee, Mama. Ihr braucht doch neue Zigaretten. Sollen wir in den Ba... Ba...«

Sie legt die Zigarette in den Aschenbecher, die Hände in den Schoß, den Kopf schief.

Dann steht sie auf und sagt: »Komm.«

Supernova II

Ich bin, als es passiert, allein mit der Schwester. Da wir am selben Tag die Quitten vom Baum im Garten geerntet haben, ist es, als wir auf dem dänischen Sofa sitzen, Mitte bis Ende November 1976. Die Schwester wird nach der Explosion sicher sein, sie habe *den halben Tag lang etwas geahnt*, ich schließe mich wie immer ihrem Urteil an, auch mir war demnach bereits seit dem Morgen mulmig, wie ich nach dem Unglück auf Nachfrage aller berichte, die den Ort der Katastrophe besichtigen, zum Beispiel auf Nachfrage von Herrn Schneith von der nutzlosen, beschissenen Allianz-Versicherung.

In ihrem Studio in der Britannia Row mischen Pink Floyd in diesen letzten Wochen des Jahres 1976 das Album Animals ab, es wird in zwei Monaten erscheinen und sofort als »Pink Floyds Punk-Album« bezeichnet werden. Herr Brockkötter vom Funkhaus Evertz hatte uns die neue Langspielplatte am vergangenen Samstag bereits angekündigt, bald sei es so weit, wie er *aus London* erfahren habe.

Der Vater legt, während die Männer von Pink Floyd in London-Islington an Animals herumsägen und nachdem wir nun ein Jahr lang fast ausschließlich Wish You Were Here gehört haben, Dark Side Of The Moon auf den Teller des Thorens. Die Schallplatte verursacht gleich wieder die bekannte Welle. Die Schwester lehnt sich an den Bruder. Der

Vater wartet auf den Herzschlag, dann auf den Beginn von »Breathe«, um die Lautstärke am Marantz zu justieren. Wie immer sagt die Schwester nun »zu leise«, wie immer dreht er es angeblich lauter, was aber keinen Unterschied macht. Er geht in den Garten noch während Gilmour zum ersten Mal *Breathe in the air* ruft, oben sieht man ein Flugzeug vom nahen Düsseldorf-Lohausen kommen, aber man hört es nicht, denn Gilmour und der Chor rufen *Listen son, said the man with the gun / There's room for you inside.*

Der Dampfkochtopf ist gefertigt aus dumpfem Stahl. Er erscheint zweckmäßig wie ein Kriegsinstrument, mit einer Temperaturanzeige, die vom Deckel absteht wie das Tacho in einem vor La Rochelle geborgenen U-Boot. Die Mutter ist bei den Quitten in der Küche. Der Topf war ein Geschenk zur Hochzeit der Eltern im Jahre 1958. Der zwei Tage lang bearbeitete und nun verwertete Berg dunkelgelber Quitten schickt ein orientalisches, dabei beruhigendes Aroma in die Wohnung, das Quittengesamtaroma aus Holz, Zimt, Beere, Honig und Erde, aus Rausch, Verschwendung und Überfluss. Die bukolische Essenz wird gewonnen aus den Früchten nur eines einzigen, in der Erde unseres Gartens steckenden Quittenbaums.

In der Einbauküche Courage, in der nur so gerade drei Menschen gleichzeitig stehen können, kleben am Quittenwochenende im November die Mulltücher an den Schränken und auf dem Boden, Siebe liegen ineinander in der Spüle unter dem alarmschlagenden Boiler. Abtropfvorrichtungen und Schüsseln aus Emaille stehen auf der Anrichte neben der glühenden Dunhill der Mutter, die sie mit verklebten Fingern aus dem Zinnteller hebt und daran zieht. Weitere Schüsseln mit über Nacht gewonnenem Saft sind aus Platzgründen bereits ausgelagert auf die kühle Terrasse, abgedeckt mit Küchentüchern.

Jedes Jahr dieselbe Frage: Was, wenn der Topf explodiert?

Der Vater: »Der Topf kann nicht explodieren, bei Überdruck schaltet sich das Ventil ein, und die heiße Luft entweicht.«

»Was, wenn sich das Ventil nicht einschaltet?«

»Es schaltet sich bei Überdruck das Ventil ein, und die heiße Luft entweicht.«

»Und wenn es nicht funktioniert?«

»Es funktioniert. Der Topf ist so gebaut, dass es funktioniert.«

»Was, wenn es nicht funktioniert?«

»Der Topf funktioniert. Seit unserer Hochzeit. Der Topf kommt aus Deutschland.«

Eisen, Verbrennung, Abluft und Präzision. Der wendige, eilende Vater, der beim Kochen, Waschen, Verräumen und Lagern, wenn er nicht selbst Hand anlegt, so doch nach dem Rechten sieht, umsortiert, neu anordnet, Heizplatten an- und ausstellt, seine Leute dirigiert. Der deutsche Topf verweist auf Frieden, Nutzbarkeit und Wertschöpfung. Der Topf nimmt zwei Herdplatten ein, die beide Feuer geben müssen, um die Vorräte in einem Rutsch gewaltig zu erhitzen. (Wir werden nie wieder hungern.)

Einmal im Jahr wuchtet der Vater den Topf aus dem Verlies, wo Heino haust, der helle Horrorvogel mit den geschürzten Lippen. Man sieht, wenn der kleine Vater das gewaltige Fabrikat durch das Treppenhaus ins Hochparterre befördert, nur den Topf die Stufen hochkommen, sonst nichts. Man sieht das rote Gesicht des Vaters erst, wenn er mit dem Topf um die Ecke und in die Wohnung einbiegt, den Topf über die Türschwelle und in den Flur hebt, die kräftigen Hände um die eisernen Griffe gekrallt. Natürlich hat er sich unten noch eine angesteckt, die zittert nun im Mundwinkel. Er raucht und wuchtet.

Er ruft »Weg!« und »Ich komme mit dem Topf aus dem Keller!«.

Der Vater ist, als im Topf die Quitten kochen, im Garten, die Mutter ist in der Waschküche (gemeinsam mit Frau Kothen, denn Frau Kothen ist immer in der Waschküche).

Ich weiß, dass die Schwester in der kommenden Woche in die Universitätsklinik kommt, weil am Herzen wieder nachgeguckt und etwas ausgeschlossen werden muss. Während der ersten Untersuchungen an der Schwester, die weitere Untersuchungen nach sich ziehen werden, werde ich auf der anderen Seite der Universitätsklinik bei Herrn Waltherspiel auf das Poster von den Dubliners schauen und Wörter mit P und mit D üben, derweil der Eisenknauf gegen mein Brustbein hämmert.

Die Schwester nimmt die Dinge selbst in die Hand. Schau in die Welt, nicht in den Himmel. Auf wessen Seite stehst du? Es gibt uns und die anderen. Die Pyramide ist nicht am Himmel. Die Monster wohnen nicht unter dem Bett.

Der Intelligenztest bei Frau Dr. Serafini in der Universitätsklinik verläuft erfolgreich. *Signifikante, teils Besorgnis erregende Mängel* im numerischen, zahlenmäßigen, logischen Bereich, dafür *ein intensives Leuchten*, so Frau Dr. Serafini (die schwarzen streng zurückgelegten Haare, die genauen Augen hinter einer endlich nur dünnen, dafür großen Brille) im verbalen Bereich. Noch vor dem Übertritt in die Schulform Gymnasium, der vorsichtig angeraten wird, die dringende Empfehlung für *zertifizierte Nachhilfe* im Rechnen und räumlichen Denken. Die Empfehlung für die *Fortsetzung der Sprachstörungstherapie beim Kollegen Waltherspiel.* Ich schreibe im Sonnenlicht ihres mit Puppen und Holztieren vollgestellten Behandlungszimmers auf Geheiß Frau Dr. Serafinis eine Geschichte über – bitte nicht mehr als zwei DIN-A4-Seiten –: »Ein Tag im Leben meiner Familie«. Wir vier haben in der Geschichte als Tiere aufzutauchen.

»Welche Tiere wählst du?«, fragt Frau Dr. Serafini.

Ich antworte schnell und stottere nicht, Frau Dr. Serafini braucht nicht zu warten.

»Papa Esel, Mama Löwe, Schwester Katze.«

»Und du?«

Keine Ahnung. Ich bin ich. Ich erfinde eine Geschichte, in der wir in den Urlaub fahren und zelten. Der Esel ist zu groß und zu störrisch und muss in ein eigenes Zelt. Im Nachbarzelt wohnt Richard le Bron, der kein Tier ist. Die Katze und ich verpacken Richard le Bron in seinem Zelt und werfen ihn einen Abhang runter. Unten schütten die Katze und ich sein Zelt aus, Richard fällt in blutigen Einzelteilen heraus. Die Geschichte hat fast fünf statt der geforderten zwei Seiten, ich schreibe und schreibe (genaue Aufzählung und ausführliche Beschreibung der Mahlzeiten im Urlaub), Richards furchtbares Ende kommt dann trotzdem plötzlich, da Frau Dr. Serafini darauf besteht, dass jetzt gut ist mit Schreiben.

»Schön«, sagt sie, als sie die Geschichte zu Ende gelesen hat, »ganz, ganz schön!«

Frau Dr. Serafini trägt, wie Manuela von der Stadtentwässerung Düsseldorf-Nord, ein silbernes Kreuz um den Hals.

»Kennen Sie die N-nacht der reitenden L-leichen?«

Sie macht sich Notizen.

Die Schwester schließt die Augen. *All that you touch / All that you see*, so bilanziert Roger Waters im Wandschrank, spiralförmig strebt das Lied nach oben, während nebenan in der Küche der Dampfkochtopf alles gibt. Erst im Sommer war das Einbauküchenmodell Courage von Herrn Schweidtmann vermessen, verschraubt, verfugt worden. Braunes Plastikfurnier. Eine warme Farbe, sagte der Vater, ist immer gut. Unten in den Ecken die Drehschränke für die Töpfe und Pfannen, so ist der Platz raffiniert genutzt. (Der Vater, der im Sommer stundenlang in der winzigen neuen Küche steht und alles prüft. Wieder hat er die richtige Entscheidung getroffen mit der Nutzung der Ecken durch den Einbau der Drehschrank-Version des Modells Courage. Wieder bestätigt seine Frau, wie gut es ist, dass wir ihn, den Vater, haben.)

Mag Kothen oben unterm Dach Peter Alexander hören, Frau Kothen in der Waschküche auf die Mutter einreden, Jupp Kallen zum Vater über den Zaun gucken und schweigen, hier bei der Schwester und mir ist die Hölle los. *And all you create / And all you destroy / And all that you do / And all that you say* singt der Mann auf dem Mond. Es gibt keine dunkle Seite des Mondes, beide Seiten sind dunkel. Seit dem Morgen: ein ungewöhnlich hoher Ausstoß an Energie.

Vibrationen.

Zum finalen D-Dur-Akkord von »Eclipse« explodiert in der Küche der Topf.

Es tritt wer gegen die Welt. Noch nie wurde, solange ich lebte, gegen die Welt getreten. Es ist aber jetzt gerade, in dieser Sekunde, passiert. Das Wohnzimmer bekommt einen Schubs. Das Lied ist aus. Das Herz schlägt. Wenn ich jetzt zur Schwester schaue und sie hat nichts bemerkt, habe ich mir den Tritt gegen die Welt, wie so vieles, nur eingebildet, und auch diese Angst geht vorüber.

Leider fragt die Schwester: »Was war das?«

Ich halte die Luft an. Wenn es ein Traum ist, so würde nun Brian Connollys Hand aus dem Erdreich fahren, nach meinem Penis schnappen und ziehen, dann würde ich erwachen.

Aber ich werde nicht wach. Alles geht einfach weiter.

»Was war w-was?«, frage ich.

»Ein Erdbeben?«, so die Schwester.

Ich schluchze auf.

Eine Spur Putz rieselt auf das Wohnzimmerparkett sowie auf die kleine, dunkle Ebenholz-Kommode aus Stratford upon Avon. Wenn dort hinten an der Esszimmerwand zur Küche etwas rieselt, denke ich vom Sofa aus, so kann ich mir den Tritt gegen die Welt nicht eingebildet haben, es sei denn, ich bilde mir das Rieseln jetzt auch ein. Der kleine Bissier hängt ruhig. Der große Bissier aber schaukelt, als hätte ihn wer sachte in Schwung versetzt. Dann fällt der große Bissier von der Wand.

Der Mond verdeckt die Sonne. Die Quitten drücken gegen den Topf. Er weitet sich. Es kommt zur Spaltung. Der große Bissier fällt zunächst auf die Stratford-Upon-Avon-Kommode, über deren Klarlack der Vater an anderen Tagen im Vorbeigehen mit den Fingern streift. Dann sagt er: »Wenn wir tot sind, die Mama und ich, müsst ihr wissen, dass diese Kommode wertvoll ist.«

»Wieso t-tot?«

Die Schwester: »Eines Tages sind die Mama und der Papa tot. Dann können wir gucken, wo wir bleiben.«

»W-wann denn?«

»Vielleicht schon morgen. Straßenbahnhaltestelle Am Landsknecht. Papa und Mama auf dem Weg in die Stadt ...«

»Im Auto oder zu F–fuß?«

»In die Stadt? Im Auto, du Hirni!«

»...«

»Der Papa guckt nicht, sie hören schön Duke Ellington. Kommt von links die K-Bahn aus Krefeld, zack, beide tot.«

Ich verschiebe die Vorstellung. Andererseits: *Wenn wir tot sind, die Mama und ich*, das hat nicht die Schwester gesagt, sondern der Vater kalkuliert damit.

Müsst ihr wissen, dass diese Kommode wertvoll ist. Wir, die Schwester und ich, bewegen uns also in eine stabile Zukunft. Es wachsen Früchte im Garten, es lagern Schätze am Standort, der mehr ist als eine Mietwohnung, er ist eine Sammlung, eine Ballung üppiger Qualitäts-Antiquitäten, die der Vater mit Kennerblick zusammengetragen hat: die schmale Kommode im Esszimmer, der titanische Frankfurter Schrank im Wohnzimmer, der nur auf den ersten Blick integre und magere, dabei aber angeblich besonders seltene Biedermeier-Sekretär mit den klemmenden Schubladen im Wohnzimmer, der kleine Tölzer Schrank mit den passenden Tölzer Melkschemeln im Flur (»Das, den Tölzer Schrank wie die Tölzer Schemel, verkauft ihr nur im Ensemble, *wenn die Mama und ich tot sind*«), eine weitere, nur kniehohe, plumpe, dabei ebenfalls seltene Bauernkommode im Schlafzimmer, die vielen Teller aus unersetzlichem Zinn, die Kerzenständer und Stehlampen und Wandteller aus Kupfer: »Die Zinn- und Kupferschätze bringt ihr zu Antiquitäten Rieksmeier auf der Düsseldorfer Straße, *wenn die Mama und ich tot sind.* Herr Rieksmeier weiß Bescheid.«

Wieso weiß Herr Rieksmeier Bescheid? Weiß der Antiquitätenmann, wann die Eltern sterben? Werden sie uns gleichzeitig verlassen, und dann tritt Herr Rieksmeier auf den Plan? Ist es wie bei Pink Floyd, wo Roy Harper plötzlich ranmusste für »Have a cigar«, weil sowohl David Gilmour wie auch Roger Waters offenbar ausfielen? Sind David Gilmour und Roger Waters tot? Im Zweifel würde die Schwester mich an der Hand nehmen, wir würden von der Bonhoefferstraße links in die Poststraße abbiegen, dann zwischen dem Kino der Horstbroichs und dem göttlichen

Balkan Grill noch einmal rechts in die Düsseldorfer Straße zu Herrn Rieksmeier.

»Guten Tag, Herr Rieksmeier, es ist so weit, sie sind tot.«

Herr Rieksmeier würde gruseligerweise nur antworten: »Ich weiß, Kinder.«

Dann käme der Auszubildende von Herrn Rieksmeier, er würde Zinn und Kupfer abholen und uns auszahlen. Frau Dr. Serafini sage ich am Rande des Intelligenztests, dass wir aufgrund der Schätze, die der Vater für den Fall zusammengetragen hat, dass er und die Mutter sterben, in Gefahr seien. Einbrecher würden uns womöglich bald ermorden und die Schätze davontragen.

»Was für Schätze?«, fragt Frau Dr. Serafini.

»M-möbel vor allem. K-kostbarkeiten.«

Wieder macht sie Notizen.

Zu den Rätseln, die der Vater eines Tages hinterlassen wird, gehören seine in expressiver Handschrift verfertigten Einschätzungen zum Wert all der Teller, Kommoden und Schränke: »Frankfurter Schrank 80 000 bis 100 000 DM, Kommode Stratford Upon Av. 150 000 DM bis 250 000 DM, Ensemble Tölz (inkl. Melksch.!) 80 000 DM …«

Der Bissier schlägt auf seinem Weg von der Wand in die Tiefe auf der Kommode aus Stratford-Upon-Avon auf, genauer auf dem Obstteller aus Zinn, auf dem nicht nur Äpfel und Birnen drapiert sind, sondern aus ästhetischen Gründen auch einige der Wunderquitten, pelzig, prall und vorbildlich. Die Scheibe des Bissiers zerspringt, danach fällt das Bild auf die Vorderseite, also auf die Bissier-Tusche. Der Bissier rauscht dann weiter von der Kommode runter auf den Parkettboden des Esszimmers, wo nun auch der Rahmen splittert, sodass der Original-Bissier als gestauchtes, gewelltes Papier nackt zwischen Scherben liegt.

Die Schwester hält einen Zeigefinger auf ihre Lippen, den anderen auf meine. So würde das Geheimnis gewahrt bleiben. Ihr Mund und mein Mund sind versiegelt. Sieh, während du schweigst, den Tatsachen ruhig, gelassen und stark ins Auge.

And everything under the sun is in tune.

Es öffnet sich die Terrassentür links, der Vater kehrt in Gummistiefeln, die er abstreift, aus dem Garten zurück. Es öffnet sich die Wohnzimmertür rechts, die Mutter kommt aus der Diele auf ihrem Weg aus der Küche. Der jeweilige Kenntnisstand beider unterscheidet sich erheblich. Sie hat die Explosion aus dem Bad vernommen, er, der alles regelt, hat keine Ahnung. Sie war nach der Erschütterung in die Küche und also ins Inferno geeilt. Der Vater hatte mit Jupp Kallen am Gartenzaun geschwiegen, anschließend war er, wie immer, noch eine Weile alleine in der Anschauung des Komposthaufens versunken gewesen. Als sei endlich mit einer Botschaft aus der Wurmwelt zu rechnen.

Der Vater betrachtet nun erst die schweigenden Kinder, dann die Mutter, deren Schuh auf dem Parkett des Wohnzimmers schmatzt, als sie einen Fuß anhebt. Sie sagt: »Alles klebt.« (Ihr weißes Gesicht.) Er fragt nicht: »Geht es dir gut?« Oder: »Wozu die Marmelade in den Haaren?«

Sondern: »Was ist hier los? Bist du verrückt geworden?« Dann: »Wieso liegt der Bissier auf dem Boden?«

»Die Quitten sind explodiert.«

»Das kann nicht sein. Ist zu viel Hitze im Topf, reagiert das Ventil.«

Ich stülpe mich nach innen, äußerlich rolle ich in eine sitzende Embryonalhaltung, kippe zur Seite und drehe den Rücken in das Cordpolster des dänischen Sofas. So verharre ich, an die Schwester gelehnt, schaue umher zwischen dem Vater und der Mutter, die die Hände reibt. »Ich muss das kühlen, das ist verbrannt.« Der Vater geht nicht zur Mutter, sondern zum Thorens, dessen Nadel gegen das Ende von Dark Side Of The Moon tackert. Dies ist nicht gut für die Nadel.

Zur Rekonstruktion des Ereignisses bildet sich ein Rat der Experten. Die Experten sind der aus der Nachbarschaft herbeitelefonierte Werner Schmalenbach, der Geistliche Hans Hütt, der weiß, dass Dinge unter Umständen eine Seele haben, und seine Frau Ilse vom schneeweißen evangelischen Pfarrhaus am Ende der Straße, der Hausmeister Kothen, Frau Kothen und Holger, dann die über den Vorgarten hinweg von draußen glotzende Frau Schwerdtfeger, die das Unglück nicht gesehen, aber gespürt hat, da durch die Explosion des Dampfkochtopfs staubfeine Teile des zerborstenen Küchenfensters über ihr abregneten. Schließlich stößt Herr Schneith von der Filiale der Allianz Versicherung dazu.

Der dicke Herr Schneith winkt seit Jahren durch die Scheibe seines winzigen Allianz-Versicherung-Ladenlokals mit der geriffelten Gardine und dem trübsinnigen Kaktus auf dem Fensterbrett, wenn ich mit der Mutter auf dem Weg zum Metzger Luft bin. Im Sommer steht bei Herrn Schneith die Tür offen, sodass der Zigarettenrauch abziehen kann. Er ruft »Hoffentlich Allianz versichert!« aus dem Büro auf die Straße, hier und da eilt er hinaus, verbeugt sich vor der Mutter (»Gnädige Dame!«) und steckt mir einen Allianz-Lolli zu.

Herr Schneith schmatzt durch die Küche und macht wegen der Hausratsversicherung Fotos mit der Kodak Instamatic, vor allem vom Topf und dem auf vollkommen abwegige Art verbogenen Deckel des Topfes, der am anderen Ende der Küche hinter der Brotschneidemaschine nicht liegt, sondern zwischen der Maschine und der Wand verkeilt ist. Er ruft: »Das Wichtigste, Frau Gorkow, Herr Gorkow, ist, dass alle unversehrt sind, wenn ich das kurz sagen darf!« Der Vater schnauzt: »Sie dürfen das auch lang sagen, Herr Schneith.« Herr Schneith zieht ab (er teilt später schriftlich mit, dass sich die Allianz an der Begleichung des Schadens nicht beteiligen wird).

Die Ergebnisse der Rekonstruktion legen nahe: Noch rund 60 Sekunden vor der Explosion deutete außerhalb des Topfs nichts auf die bevorstehende Katastrophe hin. Die Mutter ist da noch in der Küche, sie legt eine Dunhill ins Zinntellerchen auf dem Fensterbrett, da sie nur eben ins Bad möchte, sie schaut beim Verlassen der Küche im Vorbeigehen auf den Topf. Es sind nur noch 30 Sekunden bis zur Explosion. Der Topf verhält sich unauffällig. Die Flammen unter dem Topf leuchten nur schwach, da ja im Topf schon alles kocht, da muss die Mutter die Flammen nicht weiter aufdrehen. Im Topf ist hingegen die Hölle los. Gewalt. Druck. Dehnung.

Wie gut, dass die Mutter ins Bad wollte. Herr Kothen, der ehrenamtlich beim Roten Kreuz als Sanitäter arbeitet und *schon alles gesehen hat*, ist sicher, dass die Mutter mindestens schwer verletzt worden wäre.

»Vielleicht geköpft! Der Deckel hätte Sie vielleicht geköpft, Frau Gorkow!«

»Nun machen Sie mal halblang, Herr Kothen!«, ruft der Vater.

»Ich sag es, wie es ist, Herr Gorkow, die Frau Gorkow wäre, wenn sie auf der Höhe der Flugbahn des Deckels gestanden hätte, enthauptet worden.«

»Nun machen Sie mal halblang, Herr Kothen!«, ruft der Vater noch einmal.

Von der Decke, es ist eine meiner genauesten Erinnerungen, ziehen sich dicke wie hauchdünne Fäden nach unten, Stalaktiten aus Gelee, sie erinnern mich an die Tropfsteinhöhle von Artà, Mallorca, durch die ich jedes Jahr im Sommer einmal laufe, da der Vater annimmt, dass er mir mit dem immer wieder neuen Ausflug eine Freude macht.

Der Deckel hält der Hitze nicht stand, sodass er, während die Mutter im Badezimmerspiegel ihr Gesicht betrachtet, in der Küche vom Topf fliegt. Dabei wellt sich durch den Druck am Rand des Deckels der Stahl auf. Das Glas des Küchenfensters ist nicht zersplittert, sondern es fliegt in einem Satz komplett aus dem Rahmen. Es ist Staub.

Innerhalb der Küche werden durch die Explosion zwei Hängeschränke, eine Lampe, die Türverkleidung des Bosch-Kühlschranks sowie fünf an der Wand hängende Delfter Kacheln zerstört, das Schneidemesser der Brotschneidemaschine läuft nicht mehr rund. Das winzige Regal über dem kleinen Boiler (5 Liter) zur Spüle, in dem sich auch das Buch »Balkan Küche, Dobar Tek!« befand, ist weg. Das Regal ist durch die Küche geflogen, keiner weiß wohin, es ist einfach verschwunden. (Später finden sich Teile im Vorgarten.) Jeder Spalt, jede Naht, jede Leerstelle in der Küche ist mit Quittengelee gefüllt. Die Quittenmasse ist im Vorhang, sie befindet sich aber auch innerhalb der Leiste, an der der Vorhang aufgehängt ist, und dort auch innerhalb der winzigen Räder, die durch die nun verklebte Leiste rollen sollen. Die Masse befindet sich in den Schlitzen jeder Schraube, auf und unter den Hängeschränken, sie steckt in den Kerben der zerstörten Hängeschränke. Sämtliche Drehvorrichtungen am hoch komplizierten, vom Vater immer mit größter Achtsamkeit behandelten Boiler sind mit Masse gefüllt, die Masse findet sich sogar in noch geschlossenen Hängeschränken.

So endet die Einbauküche Courage im Herbst 1976 im Inferno, nur wenige Monate nach ihrem Einbau im Sommer 1976. Der Vater telefoniert mit Herrn Schweidtmann. Eindringlich schildert er dem verblüfften Möbelmann die Explosion. Die Entscheidung lautet, dass Courage nicht zu retten ist und durch das gleiche Modell ersetzt wird.

Es dauert noch zwei Monate, dann meldet sich Herr Brockkötter vom Funkhaus Evertz. Animals ist eingetroffen. Gemeinsam mit der Schwester, Herrn Brockkötter und dem Vater betrachte ich bei Evertz das Cover. Lange und still schauen wir auf die Battersea Power Station. Roger Waters singt wie damals in »If«, auf der Platte mit der Kuh, zur akustischen Gitarre.

If you didn't care what happened to me,
And I didn't care for you,
We would zig zag our way through the boredom and pain
Occasionally glancing up through the rain.

Am Himmel? Dort, über dem Kraftwerk, das die Welt ist, schwebt ein Schwein.

Vergiss das Reich unter deinem Bett, die Wiese ist eine Wiese, der Topf ist hinüber, Heino ist ein Witz und Barzel bald vergessen.

Schau in die Welt. Atme. Kümmere dich.

Eclipse

Es ist kurz vor Pfingsten des Jahres 1977, in wenigen Monaten wird der Übertritt ins Gymnasium erfolgen. Trotz der vorsichtigen Einschätzung von Frau Dr. Serafini ist umstritten, ob das eine gute Idee ist. Die Familie ist der Meinung, dass ich im Gymnasium *nach einer Eingewöhnungsphase* zurechtkommen werde. Nachbarn und Freunde verhalten sich gegenüber dieser Einschätzung auffallend still. Die Mutter vernimmt das Misstrauen gelassen, der Vater gereizt.

Ich male mir das Gymnasium aus, ich stelle es mir vor wie die Battersea Power Station auf dem Cover der Langspielplatte Animals, also beschließe ich, mich bei Frau Spieker und Frau Spieker von Schreibwaren Spieker mit allem zu rüsten, was der Schulbedarfsmarkt hergibt, um in der Anschlusshölle zu bestehen.

Betrete ich das Wohnzimmer, trinken alle Anwesenden Weißwein, Herr Moll von Münstermann weiß inzwischen um den Bedarf an Albariño, leise hören wir die kristallene Trompete von Miles Davis, die Gästeköpfe wenden sich dem Jungen zu mit auffahrender, praller, ironischer Zuversicht: »Na, freust du dich auf das Gymnasium?« Da ich nach wie vor nicht oder kaum rede, antworte ich nicht. Ich höre, wie die Mutter später mit dem Fräulein Lehrerin und den anderen Experten spricht, etwa mit Herrn Waltherspiel von der Stottertherapie. Für welche Laufbahn wird man mich endgültig einteilen? Herr Waltherspiel rät plötzlich zu Waldorf, er erläutert der Mutter das Konzept von den Farben, Formen und Möglichkeiten. Offenbar gibt es in dieser besonderen Schulform immer, wenn es nicht mehr weitergeht, doch noch einen Weg, beziehungsweise, wie ich mir nach den ersten Worten von Herrn Waltherspiel ausmale, kommt es gar nicht erst zu dem Moment, an dem es nicht mehr weitergeht.

»Was meinst du?«, fragt sie, als Herr Waltherspiel fertig ist mit seinem Vortrag über die Waldorfschule. Ich denke »interessant«, sage aber nichts. Herr Waltherspiel überreicht der Mutter als Leihgabe ein Buch, in dem Kinder abgebildet sind, die Reigen bilden und tanzen. Er ist sicher, dass dieses Konzept für mich das richtige ist. Herr Waltherspiels Schwester hat an dem Waldorf-Buch mitgearbeitet, auf dem Deckel des Buches steht neben anderen Namen: Sabine Waltherspiel-Klug. Ich schaue ins Buch. Alle Kinder lachen. Das sieht schon mal gut aus. Die weiteren Erläuterungen von Herrn Waltherspiel bekomme ich nicht mit, da ich mir in der Zeit über etwas anderes Gedanken mache.

Wieder fragt die Mutter: »Was meinst du? Es gibt keine Noten!«

»Weiß n-nicht.«

Ich kenne Waldorf nur als Salat in der Metzgerei Luft. Die Mutter kauft ihn für den Vater, eine Schale Kalbshirn, eine Schale Waldorfsalat. Der Vater blättert daheim in der Leihgabe von Herrn Waltherspiel im Lesesessel am Fenster mit demselben Blick, den er beim Lesen des Barzelbuches aufsetzte. Er raucht und blättert, wir betrachten ihn und erwarten das Urteil. Plötzlich ruft er: »Rudolf Steiner? Kommt nicht infrage. Das ist meschugge. Was soll der Junge da malen und tanzen? Malen und tanzen kann er auch hier!« Er werde sich Herrn Waltherspiel demnächst vorknöpfen. Herr Waltherspiel habe nichts bewirkt und sei ein Armleuchter.

Ich schaue aus dem Fenster des Klassenraums runter auf die Witzfeldstraße. Noch ist alles wie immer. Ein rotes VW-Käfer-Cabrio parkt gegenüber der Schule vor Blumen Schmill. Der Käfer, darin eine Frau mit einem Tuch im Haar, rasselt nach vorne, dotzt an einen Mercedes, rasselt nach hinten, dotzt an einen Opel. Frau Schmellerkamp, die Mutter von Panzerfrank. Sie öffnet das Tuch und schüttelt ihr Haar. Ich überlege, ob sich die *Rote-Armee-Fraktion* wohl auch Frau Schmellerkamp ausgeguckt hat. Wenn Herr Schmellerkamp bei Rheinmetall ist, gehört Frau Schmellerkamp dann auch zum Establishment? Und Frau Brenner, die Mutter von Leviathan? Ich denke an die ernsten schwarz-weißen Gesichter auf dem Plakat im Postamt und kombiniere sie mit Frau Brenner, dem Gold, das sie in den Pool wirft, dem Morgenmantel aus türkisfarbener Seide und dem Campari. Mit Rod Stewart.

Die Schwester sagt: »Was sollen die mit Frau Brenner? Die sind doch nicht bescheuert.«

»Und P-panzerfrank?« Wenn die Rote-Armee-Fraktion Herrn Schmellerkamp erwählt, wieso nicht auch seinen Sohn Panzerfrank, den Gehilfen von Richard le Bron.

»Als Beifang, höchstens.«

»Als w-was?«

Auf Korbabsätzen quert Frau Schmellerkamp, Bluse unter der Brust verknotet, Bauch frei, die schwarzen Locken wippend, die Witzfeldstraße Richtung des Fensters, aus dem ich schaue. Sie hat die Mundwinkel nach unten gezogen, sie hat schlechte Laune, weil sie in die Schule gerufen wurde, denke ich. Ich kenne diesen Mund von der Mutter, die aber niemals ihren Bauch zeigen würde, wenn sie in die Schule geht. Offenbar Sprechstunde beim Fräulein Lehrerin wegen Panzerfrank.

Gestern hatte mir der Pfarrer Magen ins Gesicht geschlagen. Seine flache, dünne Hand hatte meinen Kopf getroffen, mit einer Wucht, die den Kopf zur Seite warf, dann hatte der Pfarrer sofort ein zweites Mal zugeschlagen, wieder auf dieselbe Stelle. Ich erinnere mich an einen Schlag auf das linke Ohr, den zweiten Schlag (das Pfeifen danach). Die zwei Schläge von Pfarrer Magen verteilten sich auf einer Fläche, die wie ein Land markiert war, rot, beginnend am Ohr und oberhalb der linken Schläfe (hier war der Einschlag gewesen). Das Land reicht bis auf die linke Stirnhälfte. Der Schlag des Pfarrers war schwarz, schnell und laut, es folgte das Pfeifen und ein Sternenregen (man sieht wirklich Sterne).

Einige Sekunden nach dem Schlag waren die Tränen rausgeflossen und der so gereinigte Blick nun schärfer als zuvor. Aus dem schwarz schwimmenden Haufen, der der Pfarrer Magen gerade noch gewesen war, entstand wieder der vor mir stehende Mann. Friede und Hass zunächst in gleichen Teilen. Ich atmete. Der Pfarrer Magen schaute nach seinen beiden Schlägen beleidigt. Die Arme hingen sinnlos am langen, schlappen Körper herum. Ich lächelte den Pfarrer Magen an, und da die Tränen weg waren und ich ihn wieder sehen konnte, sagte ich: »Ich kann Sie sehen.«

Ich denke, während ich aus dem Fenster auf die Witzfeldstraße schaue, an den Schlag des Pfarrers, dem der zweite Schlag folgte. Ich denke an den Vater, die Mutter, die Schwester. Schau in die Welt, nicht in den Himmel. Das Fräulein Lehrerin fährt von der Tafel um, der Finger weist in Richtung von Ingeborg Wermelsdonk, die etwas nicht weiß und schweigt. Gesucht wird ein Tier, irgendeins soll von einem anderen abstammen, ich habe die Frage nur diffus gehört, noch schaue ich in den Himmel. Der Finger zeigt auf meinen Nebenmann, Hubi.

Wenn Hubi etwas nicht weiß, darf das Fräulein Lehrerin ihn nicht bestrafen.

Hubi ruft »Vom Esel!«.

Das Fräulein Lehrerin winkt ab. Sie ruft »Kinder, Kinder«. Dann zeigt sie auf mich.

Ich schaue zu Hubi. Wonach wurde gefragt? Hubi singt jetzt die ersten Zeilen von »Good bye, my love, good bye«. In der Philipshalle durfte Hubi mit den anderen Behinderten zu Demis Roussos in die Garderobe. Hubis Mutter hat Fotos gemacht, und beim Abholen des Films bei Foto Hötterkes auf der Oststraße stellte sich heraus, dass die Fotos nichts geworden waren, weil Frau Wendtland einen Finger vorne auf der Linse hatte, vermutlich vor Aufregung. Man sah auf einem Foto Hubis Beine, auf dem zweiten vier Füße, Hubis Kinderfüße in den Kickers, die Füße von Demis Roussos in den hohen, geschnürten Stiefeln des freien Vagabunden. Ein drittes Bild war nur schwarz.

Das Fräulein Lehrerin schaut mich an, und Hubi singt: »Hör den Wind, der sein Lied dir singt / Er weiß, dass ich heut von dir geh / Weine nicht, wenn der Abschied kommt / Denn Tränen tun so weh.«

»Sonst geht's noch, Hubert?«, fragt das Fräulein Lehrerin, und: »Schau dich um, alle haben Angst vor dir!« Hubi schaut sich um.

Ich sage »Vom Pferd?«. Wer weiß. Ein Versuch ist es wert.

Das Fräulein Lehrerin geht weiter durch den Klassenraum, und von ganz hinten höre ich Ansgar Sibbels, dessen Vater bei der Müllabfuhr ist, was wir alle nie erfahren sollten. Ansgar sagt: »Vom Wolf, Fräulein Lehrerin.«

»Ganzer Satz, bitte, Ansgar!«

»Der Hund stammt vom Wolf ab, Fräulein Lehrerin.«

Eines Tages war das Müllauto mit Herrn Sibbels hinten auf seinem Trittbrett über die Oststraße gefahren. Herr Sibbels hatte gewunken und »Ansgar! Ansgar!« gerufen. Ein großer, kräftiger, begeisterter Mann mit Geheimratsecken. Der ganze Herr Sibbels in Orange, eine strahlende Erscheinung. Ich hatte gedacht, dass ich alles, wirklich alles dafür geben würde, auf diesem Trittbrett durch den Ort zu fahren und die Tonnen zu leeren. Herr Sibbels, fand ich, war in Ordnung. Ansgar hatte weggeguckt, Hubi hatte stattdessen gewunken (Hubi winkt immer). Ich hatte gefragt »W-wer ist das?«, Ansgar hatte gesagt »Weiß nicht«. Und wieder rief Herr Sibbels »Ansgar! Ansgar!«. Ansgar schaute weiter auf den Boden, dann, Herr Sibbels war schon fast abgebogen in die Düsseldorfer Straße, rief Herr Sibbels »Ansgar, wink dem Papa!«. Und weg war er.

Heute haben wir Unterricht gemeinsam mit der Parallelklasse, denn Frau Tomaschweski bringt ihr Baby zur Welt. Richard le Bron fragt von hinten rechts, wie ich darauf komme, dass der Hund vom Pferd abstammt, ich sei ein Spasti. Panzerfrank sekundiert, genau, ein Spasti. Mir ist Panzerfrank egal, Frau Schmellerkamp soll sich um ihn kümmern, da hat sie gut zu tun, und um Frank Schmellerkamps Vater kümmern sich, wenn die Schwester recht behält, die Männer und Frauen, die im Postamt angeschlagen sind.

Ich drehe mich dann um und sage laut und klar: »Halt die Fresse, Richard le Bron.«

Die Sekunde, die wir nun brauchen, Richard le Bron wie auch ich. Ich rücke von mir ab, betrachte mich und rekapituliere, indem ich mich wieder seitlich vom Stuhl hängen lasse, auf das schwarze Casala-Dreieck unter dem Häkchen für den

Turnbeutel schaue und dabei nachdenke. Zweifellos würde diese Bemerkung Folgen haben. Richard le Bron antwortet nicht. Ich atme und betrachte das Casala-Schild. Es muss nicht in einer Schlägerei enden, aber wenn, soll es so sein, wieso nicht, ich hatte sogar die Schläge vom Pfarrer Magen weggesteckt. Dann ziehen die Gedanken weiter.

Wieso war ich noch nicht in London? Man kann hinfliegen. Als die Schwester sagt, dass man nach London reisen und Pink Floyd besuchen müsste, sage ich: »Oder sie kommen zu uns. Das g-ginge ja auch.«

Das Fräulein Lehrerin redet und redet. Ich überlege, wie sich die Sache mit Richard le Bron entwickeln könnte. Die Schläge des Pfarrers kamen überraschend. Ich höre Richard immer noch nicht, er schweigt. Es muss nicht in einer Schlägerei enden? Natürlich muss es das. Hubi sagt von oben: »Du bist das leibliche Kind!«

»Nach der Schule polier ich dir deine Fresse«, sagt endlich hinten Richard le Bron. Es hat gedauert, aber nun hat er seine Antwort doch noch hinbekommen. Ich denke an die Schläge von Pfarrer Magen. Die Geschichte, die er erzählt hat, bevor er zuschlug. Der Mann. Die fehlende Frau. Der Schlaf. Die Rippe. Eva. Und so schuf der Herr aus dem Mann die Frau.

Wer soll das glauben? Was musst du tun, damit dir geglaubt wird, Pfarrer Magen? Du musst dir mehr Mühe geben. Schau dir Pink Floyd an, sie geben sich Mühe. Zuvor, zum Unterrichtsbeginn, hatte der Pfarrer Magen ein Lied gesungen, er lief geschwind durch die Klasse, riss die Augen auf und den Mund, weit und rund. Er krähte: »Herr, dir ist nichts verborgen, du schaust mein Wesen ganz!«

Ich dachte: Er ist klar verrückt.

»Der spinnt, Hubi, der hat sie nicht m-mehr alle.«

(Der sich einrollende Hubi.)

Hubi, das Gesicht hinter den Armen: »Wehe dir!«

Pfarrer Magens Worte zu Adam und Eva kratzten über die Oberfläche des Vormittags, meine Gedanken waren in London und Südengland, auf Wiesen, in Transitbereichen, Röhren und Tribünen. Roger Waters, David Gilmour, Richard Wright und Nick Mason sendeten Töne von elektrischen Türöffnern, Schlachtengesänge aus dem Fußballstadion, Bienen, Registrierkassen, Uhren. Aus den Tönen entstanden die Bilder, Menschen alleine, in Räumen aus kaltem Stein, zwischen dem Beton das Grün, Bündel von Kabeln, Säulen, Türen wie auf der Enterprise, nur durch Licht zu öffnen, Kinder in Betten, Flaschen an Ständern, der Tropf in der Klinik, Gitarren auf der Wiese vor dem Fenster.

Das Schwein über dem Kraftwerk.

In weichen, fiependen Schuhen läuft der Pfarrer über das Linoleum und riecht nach Butter. Gott formte den ersten Menschen aus Erde. Adam. Ein Mann. Adam hatte keine Frau. Also versetzte der Herr den Adam in einen tiefen Schlaf und entnahm ihm eine Rippe. Aus der formte er Eva, die erste Frau.

Das war nicht sein Ernst. Ich schaute zu Hubi und sagte laut und deutlich: »Un-m-möglich.«

Hubi: »Wehe dir, leibliches Kind!«

Da war der Pfarrer Magen noch gar nicht bei der Scham und dem Baum der Erkenntnis angelangt. Er kam in großen Schritten (das nun hektischere Fiepen der Sohlen). Das Vorletzte, was ich sah vor dem ersten Schlag, waren seine enttäuschten Augen, das Letzte der Weg der Hand, der Bogen, den der lange Arm nach hinten beschrieb, dann wieder nach vorne. Der schwarze Schlag. Die Erschütterung, die Energie, schließlich die Zuversicht.

Am Mittagstisch sieht der Vater, wo der Pfarrer hingelangt hat auf dem Kopf des Jungen, er legt das Besteck ab, redet mit der Mutter, steht auf, nimmt meine Hand:

»Los.«

»W-wohin?«

Er wirbelt in der Zinnschüssel im Flur nach dem Schlüssel, haut sich mit beiden Händen auf die vorderen Hosentaschen, um zu prüfen, ob die Dunhill-Packung und das Feuerzeug dabei sind, er öffnet die Tür und winkt:

»Los.«

»W-wohin?«

Am Pfarrgarten neben der katholischen Kirche reißt er das Tor auf. Das große rot geziegelte Haus. Die Vorstellung, dass etwas zu erledigen ist, der Topf muss aus dem Keller, die Rosen brauchen ihr Gift, der Schlaf am Mittag. Der Pfarrer ist zur Rechenschaft zu ziehen. Die Erinnerung an das blasse Gesicht von Pfarrer Magen hinter dem Fenster links im Pfarrhaus, und wie es wieder verschwindet, als hätte wer das Licht einmal an und wieder ausgemacht. Dahinter die Wand aus Büchern. Der Gelehrte. Nach dem ersten Läuten öffnet niemand, auch nicht nach dem zweiten. Dann öffnet sich die Tür doch, im Spalt erscheint das milchfarbene Gesicht einer Frau, die leise und störrisch ist. Sie mustert den Vater, mich, öffnet die Tür nun weit. In Sekunden ist der Zweithass geboren, der Hass des Personals auf Eindringlinge.

Der Herr Pfarrer sei zu Tisch.

Was sie bitte ausrichten dürfe?

Die Verachtung. Der kurze Wortwechsel des Vaters mit der milchfarbenen Frau. Dann das Erscheinen von Pfarrer Magen im Türrahmen, wie auf Rollen ins Bild geschoben. Der bekannte Buttergeruch. Die dünnen Haare, die in der Schule, dem Tatort, noch seidig gekämmt über dem schmalen Kopf lagen, stehen nun teils ab (Mittagsschlaf). Die kleinen Augen hinter der Brille, die hin und her zittern zwischen Vater und Sohn. Gerne empfange er in zwei Tagen zur Seelsorge in den Diensträumen der Gemeinde …

Sonne und Wind, es ist alles deutlich, es ist alles hell und in Bewegung. Ich sehe den Vater unter den alten, schweren Bäumen, durch die das Licht weht. Eben steckt er sich, indem er die Flamme mit der linken Hand gegen den Wind absichert, die Zigarette an. Die milchfarbene Frau schiebt die Tür wieder zu. Da stellt der Vater den Fuß dazwischen. Der Blick des Pfarrers auf den Fuß des Vaters.

»Haben Sie Ihre Hand gegen meinen Sohn erhoben?«

Die ausbleibende Antwort. Die Sekunden, in denen sie sich anschauen. Der Juniwind. Die Sonne. Das nervöse Grün der Bäume. Das Hereintreten des Vaters über die Schwelle in das Haus, der Pfarrer Magen schiebt sanft den Kopf zurück.

Der Vater trifft den Pfarrer Magen zweimal mit links auf die rechte Gesichtshälfte. Rechts hält er weiter meine Hand, im Mund liegt die Dunhill, und er bewegt sich nicht von der Stelle, als er den Pfarrer trifft, seine rechte Hand um meiner Hand ist ruhig, und die Linke schlägt zweimal zu, hart, kurz, trocken, die Botschaft des Wohlüberlegten und bis zum Ende Durchdachten ist mit eingraviert. Die milchfarbene Frau schreit auf, denn der geschlagene Pfarrer macht nichts, sondern er steht nur da, fasst sich ins Gesicht, schaut auf die Hand, womöglich nach Blut, ein Beweismittel wäre gut.

Die Frau, kurz und tonlos, nicht wirklich überzeugt: »Hilfe! Polizei!«

Das Angebot des Vaters, zu verharren, bis »die Herrschaften von der Polizei« eingetroffen sind. Die Polizei hätte es nicht weit von der anderen Straßenseite und ihrer Dienststelle am Franz-Schütz-Platz. Dann schließt sich die Tür. Der Vater, der mich fortzieht aus dem Pfarrgarten hinaus und draußen vor dem Tor wartet.

»Worauf warten w-wir?«

»Auf die Polizei. Wenn er sich traut, ruft er die Polizei.«

Wir sitzen auf der dunkelgrünen Holzbank vor der Kirche, ich stehe auf und schaue in den Kasten mit den Aushängen der Gemeinde. Gelbe, unterschiedlich stark verblichene Plastikbuchstaben zum Einstecken in schwarzes Filz hinter Glas. Uhrzeiten. Messe. Singspiel. Unterricht zur hlg kath Kommunion … Pfarrer Ernst Magen. Der Staub auf dem Boden im Inneren des Glaskastens, die Plastikbuchstaben im Staub und, wie bei den Horstbroichs unter den Godzilla-Plakaten, die toten Fliegen. Wie kommen die Fliegen hinein, bevor sie nicht mehr hinauskommen? Der Vater raucht, wartet und schaut auf die Uhr.

Die Polizei kommt nicht.

Immer noch hänge ich jetzt, einen Tag später, seitlich vom Stuhl und schaue auf das Casala-Schild, als das Fräulein Lehrerin an meinen und Hubis Tisch zurückkehrt. Die Luft steht. Da die Parallelklasse wegen der gebärenden Frau Tomaschewski auch dabei ist, ist es zu voll. Alle müssen atmen. Hubi singt »Good bye, auf Wiedersehen!«. Ich bin müde. Ich denke an den Pfarrer Magen und die Milchfarbene. Ob die Polizei noch kam?

Ich sage dem Fräulein Lehrerin: »Ich bin müde.«

»Er ist das leibliche Kind!«, sagt Hubi.

Ich richte mich auf und frage das Fräulein Lehrerin:

»Darf ich n-nach Hause?«

»Aha, und was möchtest du zu Hause machen?«

»Schlafen.«

»Wie heißt das?«

»Ausruhen? N-nickerchen …«

»Schlafen, und …?«

»Schlafen, und Fräulein L-lehrerin?«

»Einen ganzen Satz?«

»Ich möchte zu Hause schlafen oder ein N-nickerchen machen, Fräulein L-lehrerin.«

»Er ist das leibliche Kind!«, ruft Hubi jetzt so, dass alle es hören.

»Dann fragen wir die Klassen 4c und 4d: Sollen denn gesunde Kinder zu Hause schlafen, anstatt in die Schule zu gehen?«

Klassen 4c und 4d, begeistert: »Neiiiiiiiiin!«

»Wie heißt das?«

Klassen 4c und 4d, begeistert: »Neiiiiiiiiin, Fräulein Lehrerin!«

»Und sollen gesunde Kinder in der Schule seitlich vom Stuhl hängen oder schlafen anstatt aufzupassen und etwas zu lernen?«

Klassen 4c und 4d, begeistert: »Neiiiiiiiiin, Fräulein Lehrerin!«

Sie erscheinen nicht bedrohlich, nicht einmal Richard le Bron, schon gar nicht Panzerfrank. Sie erscheinen als Masse in Farben, und ihre Ränder simmern in der heute besonders diesigen Wärme des Klassenzimmers. *Halt die Fresse, Richard le Bron.* Die Parteien zeigen sich zuversichtlich. Sie sind zusammengetroffen. Alles, was du siehst. Alles, was du fühlst.

»Mein Vater schläft auch tagsüber, Fräulein L-lehrerin.«

»Dein Vater schläft auch tagsüber?«

»Ja. Mein Vater schläft auch tagsüber, Fräulein L-lehrerin.«

»Und, liebe Klassen 4c und 4d? Wessen Vater schläft noch tagsüber, sodass wir uns alle wundern?«

Keiner zeigt auf.

Der Vater gibt jeden Tag alles. Was ist falsch daran, dass er sich dazwischen ausruht? Oft kommt er am frühen Mittag nach Hause, ungefähr um 11 Uhr.

9 Uhr bis 11 Uhr: Büro. Die FAZ lesen, die er daheim nicht lesen kann, ohne unterbrochen zu werden. Heimfahrt von Düsseldorf-Heerdt nach Meerbusch-Büderich im Citroën DS (wichtig, die Hydropneumatik des Wagens sorgsam und mit Geduld kommen lassen, nicht einfach losfahren).

11.15 Uhr bis 15 Uhr: Mittagspause daheim. Rosen im Garten. Mittagessen. Kaffee. Wieder Rosen im Garten. Mittagsschlaf. Rückfahrt ins Büro.

15 Uhr bis 16.30 Uhr: Verdichteter Betrieb im Büro. Hauptsächlich Telefonate mit Kunden und Zurechtweisungen Richtung des Zulieferers in Löffingen, Schwarzwald. Heimfahrt.

Ich sitze vor dem Fräulein Lehrerin und gähne. Die Schwester hat es gut. Sie liegt den ganzen Tag in der Klinik im Bett und kann lesen. An den guten Tagen und wenn sie vom Tropf genommen wird, bevor sie kurz darauf am anderen Arm wieder an den nächsten Tropf gelegt wird, redet und tanzt sie auf der großen Wiese vor dem Bungalow mit den anderen Tropfwechsel-Kindern. Vier, fünf Mädchen sitzen mit Schwester Patrizia aus Spanien im Kreis. Ich erinnere mich an eine Blaulichtfahrt, da läuft die Schwester daheim nicht lila an, sondern dunkellila. Blaue Lippen und Flecken auf den Wangen, das gibt es, kein Grund zur Panik, aber erst lila, dann dunkellila, das ist neu. Meist bringt sie der Vater, die Mutter auf dem Beifahrersitz, ich sitze mit der Schwester hinten, ihr roter Koffer mit den weißen Punkten, gepackt mit den Schulsachen, dem alten Frottee-Hasen, den verschließbaren

Tagebüchern, den beiden Fotos ihrer geliebten Schulfreundin Sabine, dazu ausgerissen aus Zeitschriften Leonard Cohen, Pink Floyd, hier besonders das Bild David Gilmours, barfuß, müde und gleichmäßig schön am Strand von St. Tropez, daneben mit zu großen Zähnen in die Sonne starrend, aufsässig und hellwach, Roger Waters, um das Bild herum blaue Herzen aus einem Pelikan-Füller.

Das Kind in der Klinik spielt, liest und ruht. Dass sie sterben könnte, erscheint uns als grotesk, anders als den Ärzten, die sicher sind, dass es, wenn nicht heute, so doch bald so weit ist. Sie selbst schließt es zum derzeitigen Zeitpunkt aus, sie sieht alles klar. »Ich sterbe jetzt nicht«, sagt sie eines Tages im Kinder-Bungalow der Klinik zur Mutter. Die Mutter hat Haribo mitgebracht, die *Bravo*, die die Schwester nicht mehr liest, schließlich einen Artikel über den Einfluss *konkreter Musik* auf Pink Floyd aus dem amerikanischen *Rolling Stone*, in dem außerdem die Frage aufgeworfen wird, ob unsere vier ernsten Männer in London mit dem wütenden Album Animals womöglich »am Ende ihrer Reise« angekommen seien. Die Zeitschrift hat Werner Schmalenbach in New York am Flughafen für sie gekauft. Sie studiert den Artikel, bittet die Mutter, morgen das Langenscheidt-Wörterbuch Englisch-Deutsch mitzubringen.

Wieder: Sie glaube nicht, dass sie jetzt sterbe.

»Natürlich nicht, mein Schatz.«

»Ich sterbe früher als andere. Aber noch nicht jetzt.«

»Der Papa kommt auch. Er besorgt noch frische Schnittblumen von Schmill.«

Sie schaut in den *Rolling Stone*, blättert vor und zurück.

»Wie erfahren wir, ob Pink Floyd auf Tour kommen?«

»Aus der Zeitung?«

»Wir müssen es erfahren, wenn es so weit ist.«

Die Einstiche, die Flaschen, aus denen Flüssigkeit durch

Leitungen in die Arme läuft, die Universitätsklinik Düsseldorf erbringt eine Versorgungsleistung, die mir sinnvoll erscheint für die Schwester und für die Kinder, die vom Bungalow in den Garten schauen zur Schwester Patricia aus Madrid, die von der Wiese hineinwinkt.

»Hallo?«

Das Fräulein Lehrerin. Immer noch. Was will es? Wo ist der Käfer von Frau Schmellerkamp? Ist sie wieder weggefahren? Ich glotze das Fräulein Lehrerin an. Hubis Nervosität.

»Was habe ich gerade gefragt?«

»Sie fragten: *Hallo?*«

»Wie heißt das?«

»Sie fragten: *Hallo?* Fräulein L-lehrerin.«

Auf dem Weg von der Schule nach Hause erscheint hinten halblinks, Übergang von der Witzfeldstraße aufs Feld Richtung Bonhoeffer, Richard le Bron. An seiner Seite, wie üblich, Panzerfrank. Richard le Bron schlägt sofort zu, mit der Rechten, in der Linken das Wurstbrot, noch übrig von der Pause. Der Schmerz eskaliert auf der Stelle. Die verletzten Nervenenden ließen sich aufzeichnen, eine gerade Linie, die Schnur aus Schmerz liegt diagonal über dem Kopf. Ich sehe durch Tränen gegen die Sonne. Im Licht über dem Feld wankt Richard le Bron gleichmäßig davon, schwer, gelassen geht der Köper von links nach rechts und zurück, daneben der tippelnde Panzerfrank, an Richard le Bron hochschauend. So werden sie kleiner auf ihrem Weg heim über das Feld und in Richtung der Betlehemgemeinde.

Ich hole Luft und laufe los. Richard le Bron wendet sich um, lange bevor ich ihn erreicht habe.

»Was willst du, Spasti?«

Und Panzerfrank, sein Echo: »Was will er?«

Ich springe auf Richard le Bron, dessen Fäuste sofort in mein Gesicht schlagen, und meine in seins, dann fällt Richard le Bron, er guckt und redet nicht mehr. Ich zerre an seinen Ohren, es ist notwendig, beide Ohren abzutrennen, die Ohren sollten wirklich besser auf dem Feld liegen, sodass Richard le Bron ohne Ohren heimläuft zu Herrn le Bron und den reparaturbedürftigen Qualitätsrädern. An einem Ohr ist bald Richards Blut. Auch ist Blut in Richards Gesicht, jedoch ist es dort, in seinem Gesicht, mein Blut, da er mir immer weiter ins Gesicht schlägt. Ich zerre an den Ohren, es muss zum Riss kommen an immerhin *einem* Ohr, Richard muss *gezeichnet* sein. Die Schläge auf meinen Mund, meine Augen. Ich sehe Richards Brot eine Armlänge entfernt im Feld liegen. Ich lasse von den Ohren ab, greife, während er weiter von unten gegen meinen Kopf schlägt, in das Brot, in die Butter, ich presse Richard le Bron nun mit Zeigefinger und Daumen die Kiefer auseinander, aus Richard läuft Schaum und Spucke, und am rechten Ohr ist endlich *sein* Blut, nicht meins, die größte Freude, jetzt stopfe ich die Leberwurst, die Butter und das Brot Richard le Bron nicht in den Mund, sondern in den Hals, weit hinein, es muss bis ganz nach hinten. Seine Zähne. Die Wunden an meinen Fingern.

Richard le Bron starrt an mir vorbei und in den Himmel. Er trommelt nicht mehr, sondern rudert. Ich sitze auf seinen Armen, er spuckt und macht »Ack!«.

Nun ist es wichtig, dass man, was Richard le Bron ausspuckt, wieder in ihn hineinstopft. Brot, Wurst, Butter und Blut. Panzerfrank gewinnt Land und macht sich davon. Ich sammle, und wenn ich genug von alldem gesammelt habe, was Richard ausgespuckt hat, so werden die Le-Bron-Kiefer erneut aufgehebelt, und wieder wird alles in den Richard gestopft. Richard erschlafft. Es wird weicher, friedlicher unter meinen Beinen. Ich sehe ihn kaum, meine Augen sind geschwollen, die Hände fühlen, dass Richard den Kopf zur Seite dreht, also drehe ich langsam den Kopf wieder her, ich taste nach Brot, Butter und Leberwurst, ich presse Richards Kiefer auseinander, ich stopfe. Und ich stopfe noch ein wenig weiter.

Am Ende der Bonhoefferstraße steht der Müllwagen, hinter Schlieren sehe ich die Warnblinkanlage. Ich höre meinen Atem. Der beneidenswerte Vater von Ansgar Sibbels materialisiert sich. Der Mann in Orange. Herr Sibbels mit seinem lieben Gesicht. Er hebt mich von Richard le Bron herunter. Er sagt: »Junge!« Und: »Wollt ihr euch umbringen, ja?« Der Müllwagen fährt ohne ihn weiter. Richard le Bron rast los, fällt, rast weiter. Herr Sibbels bringt mich über das Feld nach Hause.

Eine Woche später erschien der Pfarrer Magen wieder zur Katholischen Religionslehre, und schon am nächsten Tag sahen Richard le Bron, Panzerfrank, Hubi und ich uns wie gehabt im Gemeinschaftsunterricht der Klassen 4c und 4d, verbogen, geschwollen und still, denn Frau Tomaschewski hatte ihr Baby immer noch nicht bekommen. Und wenn ich mein Rad in die Werkstatt brachte, trat Herr le Bron gegen das Schutzblech. Wie denn das Qualitätsrad aussehe …

Epilog

Ich habe noch eine Weile gestottert und dann plötzlich damit aufgehört. Herr Waltherspiel vertrat die Ansicht, dass die Therapie zur Sicherheit fortgesetzt werden sollte. Aber wir haben immer öfter abgesagt, und irgendwann bin ich nicht mehr hingegangen. Eines Tages trafen die Mutter und ich Herrn Waltherspiel zufällig in der Düsseldorfer Altstadt. Er sagte, er habe es eilig, es sei aber unklug gewesen, dass wir die Therapie abgebrochen hätten, so bestehe von nun an für immer, an jedem neuen Tag, die Gefahr, dass alles wieder von vorne losgehe. Er nickte zum Abschied und verschwand.

Alle verschwanden. Wie Geheimschrift, die unsichtbar wird. Man muss schnell gucken und sich alles merken, denn was man sich bis dahin nicht gemerkt hat, ist weg. Der Pfarrer Magen, Richard le Bron, Panzerfrank, die göttliche Claudette, Leviathan, die Horstbroichs, die alten Nazis vom Feld …

Hubi.

Manuela habe ich nur noch einmal gesehen. Sie schob einen Kinderwagen aus der Eisdiele am Deutschen Eck, hinter ihr ein Mann mit Lederjacke und einem Schnurrbart. Ich dachte an die elektrische Schreibmaschine, an Manuelas Jubel, als alles vibrierte, sie, Hubi und ich.

Manuela sah müde aus. Sie sagte: »Na du, wo ist denn dein lustiger Freund?«

Das Kino machte zu. Der Balkan Grill machte zu. Auf die Felder kamen Häuser.

Der Vater stand noch lange im Garten und schaute auf die Rosen. Auf der Terrasse stand die Mutter und schaute auf den Vater. Im Fenster saßen der Junge und das Kind Nummer 1. Wir hörten Pink Floyd und schauten auf den Vater und auf die Mutter. Die Rosen wurden immer mächtiger, immer größer, sie sahen aus wie Könige, die verrückt geworden waren.

Die Rosen auf der Bonhoefferstraße blühen bis heute.

Es erschien eine andere Farbe in den Jahren, die auf die Schläge von Pfarrer Magen in mein Gesicht folgten, auf die Schläge des Vaters in das Gesicht von Pfarrer Magen, auf die Schlacht vom Feld mit Richard le Bron. Und es folgten die Jahre, die diesen Jahren folgten.

Die Schwester verschwand irgendwann im Ratinger Hof, wir hörten jetzt *elektronische Musik*, Klaus Dinger trommelte auf der anderen Rheinseite schon seit Langem, von uns in der Vorstadt linksrheinisch bisher unbemerkt, *den geraden Weg*. Die Schwester schrieb keine Briefe mehr nach London, die nicht beantwortet wurden, denn wozu Briefe nach London schreiben, die keiner liest, wer braucht Pink Floyd, wenn beide Seiten des Mondes dunkel sind?

Die Schwester sagt: »Die kommen nicht mehr vom Fleck.«

Neu!, La Düsseldorf, Kraftwerk, dann DAF. Gabi Delgado ruft »Beweg deine Hüften« und »Tanz den Mussolini«, der immer ganz verlässliche Geruch nach Urin und Alt im Ratinger Hof. Wenn gar nichts mehr geht, lege ich daheim die Iglesias-Platte mit seinen größten Hits auf und sage es keinem, denn was die Musik macht mit der Seele, und wie sie es macht, ist rätselhaft und gefährlich wie das Meer und die Liebe. Alles ist schwarz und ohne Zweifel zu dieser Zeit. Es gibt keine Pyramide am Himmel. Wir setzen uns ab. Die Kündigung.

Aber.

Ein paar Jahre bevor Roger Waters die Band verlässt, genau am 15. Februar 1981, streben die Schwester und ich auf den Haupteingang der Westfalenhalle zu. Menschen aus vielen Ländern sind nach Dortmund gereist, um eine der sieben Shows von The Wall zu sehen, die hier en suite aufgeführt werden. Es ist, wie das Wetterarchiv mitteilt, am Abend des 15. Februar 1981, dem dritten der sieben Abende, in Dortmund etwa null Grad kalt, die Windgeschwindigkeit, in meiner Erinnerung ungeheuerlich, beträgt angeblich nur 3 Stundenkilometer. Trotz der Kälte stehen draußen Zelte, einige Konzertbesucher campen, wie damals, bei Maria Callas' triumphaler Rückkehr an die Met. Die Tabakindustrie verteilt wie vor jedem Großkonzert Gratisproben von Samson Halfzware, 15 Gramm, samt Blättchen, damit wir Raucher werden (was wir wurden). Zeugen Jehovas stehen in dünnem Regen. Einer von ihnen, ein Mann mit einem Bart, der mich an Herrn Waltherspiel erinnert, weint. Er sagt, ich möge umkehren, er reicht mir einen Zettel, auf dem gewarnt wird vor Pink Floyds Horrorshow. Über dem Eingang der Halle hat der Veranstalter Marek Lieberberg die Losung aufspannen lassen: »Willkommen zu einem Jahrhundertereignis!«.

Während der Show gehe ich in Deckung vor den sich haushoch durch die Halle bewegenden Monstern Gerald Scarfes. Die Mutter. Der Schuldirektor. Der Richter. Der Direktor fährt mit Zeigestock von der Hallendecke herab, und zwar auf mich, denn ich bin 14, und all dies ereignet sich ausschließlich meinetwegen. Der Direktor: »You little shit you're in it now!« David Gilmour, über das Stakkato der Fender: »You better run!« Die Mauer aus weißen Ziegeln. Die vier ernsten Männer, die wir eigentlich verlassen hatten, sie sind kaum zu sehen, sie stehen meist hinter der Mauer, aber dort offenbar im Licht, denn über die Mauer scheint es hell. Sie flüstern aus dem Licht herüber: »Is there anybody out there?« Sie sind groß, schwer, satt und böse. O, sie sind böse.

Bei »Waiting For The Worms« und »The Trial« flippe ich aus. Ich trommle auf die Schwester ein und schreie. Der Chor jubelt: »Crazy! Over the rainbow! He is crazy!« Ein Besucher rennt vorbei, weinend, sich auf den Kopf schlagend, hinter ihm seine weinende Freundin (»Hans! Hans!«), sie eilen aus dem Innenraum. Roger Waters in seinem entsetzlichen Lackledermantel, er fleht: »There must have been a door there in the wall / When I came in!«

Die Mauer stürzt ein.

Ich verstumme.

Ich erkläre die Kündigung von Pink Floyd nachträglich für unwirksam und gerate stattdessen vom Sonntagabend des 15. Februar 1981 an in eine Trance.

Ich gehe am Montagmorgen nicht ins Horrorgymnasium und sitze stattdessen auf dem Bett. Ich schweige und hasse. Die Mutter. Der Vater. Werner Schmalenbach. Hans Hütt. Sie treten an das Bett und reden. Ich habe, wenn sie eintreten, die Musik von Joy Division oder Pink Floyd leiser zu machen. Ich drehe die Musik runter und sage gereizt »Bitte sehr«. Ich schweige zu dem, was sie zu sagen haben. Die Schwester versichert den Eltern: Keine Drogen, nur Samson Halfzware. Die Stimmen aus dem Wohnzimmer, das Gemurmel, dann das Lachen. Der Vater steht wieder im Zimmer: »So, jetzt mal raus hier!«

Ich sage: »Alles soll brennen.«

Der Vater: »Na ja, Junge.«

Ich wünsche dem Lehrer Würmling, der mich quält, den Tod. Pfarrer Magen wechselt im Dorf weit hinten die Straßenseite.

Im Ratinger Hof versuche ich Jahre später der spanischen Studentin Carmen von der Kunstakademie zu erklären, dass Pink Floyd Punks seien. »Die brauchten keine Sex Pistols!«, brülle ich gegen das Geknatter von Killing Joke in ihr schönes, madrilenisches Ohr. »Das, Carmen, ist die Komik: Dass die Punks glauben, sie hätten Pink Floyd getötet. Dabei haben Pink Floyd auch diesen Job selbst erledigt. Sie sind böse. Waters ist der erste und der letzte Punk. Verstehst du?«

Versteht sie? Wenn sie nicht verstehen würde, hätten wir keine Zukunft.

»The Wall war Höhepunkt und Beerdigung in einem, Carmen! Ende und Anfang! Supernova!«, schreie ich. Und weiter, immer weiter: »Es gibt ein Leben – aber erst nach der Auslöschung. Meisterhaft. Auch in seiner Geschmacklosigkeit. Die war ja mitgedacht.« Erschöpft halte ich inne. Carmen brüllt, sie muss mal eben an die Luft. Gleich sei sie wieder da. (Ich habe sie nie mehr wiedergesehen.)

Ich bekomme nicht mehr alle Städte zusammen, in denen ich über all die Jahre Konzerte von Pink Floyd, Roger Waters oder David Gilmour sah. Die deutschen Städte lasse ich weg. New York drei Mal, Paris zwei Mal, Holland vier Mal, einmal Toronto, einmal Vancouver, Rom zweimal, London sieben Mal; darunter der letzte gemeinsame Auftritt in der Besetzung mit Waters, Mason, Gilmour und Wright im Hydepark für nur vier Lieder beim Live-Aid-Konzert 2005. Am späten Abend schlägt David Gilmour zum Herzschlag von »Breathe« den ersten Akkord an. »Breathe« ist rauschhaft. Du trinkst Absinth und wehst nach dem ersten grünen Glas wie ein Tuch in die Luft, der Akkord hebt dieses Tuch über die Wiese einer südenglischen Grafschaft, und erst hier, sagen wir in Sussex, zerfällt das Tuch in Blüten, Perlen und Farben, und du regnest herab zu den Menschen. Nun atme. Kümmere dich. Ich rufe »Run, rabbit run! Dig that hole, forget the sun!«. Noch drei Lieder, dann ist alles vorbei. Sie haben uns gerufen, wir sind erschienen.

Immer wieder hatten sich die Musiker von Pink Floyd über die Jahre auch indiskutabel aufgeführt. Die Rumpfmannschaft zerlegt 1989 bei einem Gratiskonzert Teile des historischen Zentrums von Venedig. Drei Jahre später folgt der aus dem Leim gehende Auftritt des von der Rumpfmannschaft isolierten Roger Waters am Potsdamer Platz. Hier und da führe ich mit einem von ihnen Gespräche für die Zeitung. Immer wenn etwas mit den alten Leuten von Pink Floyd ansteht, grinsen die Kollegen und sagen »Na?«. Und immer lösen sich bei diesen Begegnungen dann die Menschen von den Musikern ab. Wie Folien. Als hätten diese Männer mit dem, was sie geschaffen haben, Pink Floyd, nie etwas zu tun gehabt. Es sind normale Gespräche mit freundlichen, sarkastischen, gebildeten Milliardären aus Cambridge. David Gilmour auf seinem spektakulären Jahrhundertwende-Hausboot auf der Themse, hinter ihm, während er gegrillten Lachs mit Salat isst, die Ruderboote und die Enten. Nick Mason in seinem Büro im Eastend, Roger Waters mit Rückenschmerzen im Hotel in Knightsbridge, an der Seite sein Manager im weißen Anzug, Mark Fenwick, der einst die Geschäfte Marc Bolans betreute (ach, Manuela ...). Waters, der Fenwick anzischt: »I don't need a doctor. I need heat!«

Der Liebling meines Vaters, der Keyboarder Richard Wright, steht alleine neben der Garderobe Gilmours in der Alten Oper in Frankfurt. Aus der Welt gefallen wie Peter Sellers in »Willkommen, Mr. Chance«. Um den Hals trägt Richard Wright einen Pass, auf dem steht »Richard Wright« und »AAA«, das bedeutet, dass er damit überall hindarf, auch auf die Bühne. Er reicht mir die Hand und sagt, sein Name sei Richard Wright. Ich erzähle, dass mein Vater der Ansicht gewesen sei, er, Richard Wright, sei »das eigentliche Genie von Pink Floyd«, und dass er »vom Bebop her« komme.

Richard Wright schaut auf den Boden. Wir reden noch eine Weile. Als er geht, sagt er: »Grüßen Sie Ihren Vater!« Und: »Ich liebe Miles Davis wirklich sehr.«

»Mein Vater auch.«

»Natürlich Ihr Vater auch.«

Später am Abend spielen er und Gilmour in der Alten Oper »Echoes«. Sie singen *Overhead the albatross hangs motionless upon the air.* Ich sitze in der ersten Reihe. Zwei Jahre später ist Richard Wright, der vom Bebop herkam, tot.

Am 13. Juni 2018 und im Alter von annähernd 52 Jahren schließe ich mit Pink Floyd erneut ab. Diesmal, wie ich mir vornehme, endgültig. Ich weigere mich, das Konzert von Roger Waters zu besuchen, das nur fünfzehn Fußminuten von meiner Wohnung entfernt in der Münchner Olympiahalle stattfindet. Ich schaue, während Roger Waters spielt, vom Balkon in den Schwabinger Innenhof und atme gleichmäßig. Ich erinnere mich an den Rhein, den Vater, die Mutter. An die Schwester. Ich frage mich, was aus Hubi geworden sein mag, der Demis Roussos so liebte, dass er im Unterricht dessen Lieder sang. Und was aus Leviathan, und ob er immer noch nach Gold taucht.

Meine Frau und ich zählen die Bienen. Es sind 13 Bienen,

die ihre Köpfe in die Blüten auf unserem Balkon tauchen. Auf dem Land sieht man kaum noch Bienen wegen der Monokultur. Nun bevölkern sie die Stadt. »Es geht immer weiter«, sage ich. Neben uns kümmern sich die netten Beamten vom Münchner Kriminalkommissariat 5 um die Bienen. Sie halten Bienenstöcke auf ihrem Kommissariatsdach, die Bienen sind jeden Sommer unterwegs zwischen den Gräsern und Blüten auf unserem Balkon und dem Dach der Polizisten von nebenan. Den Honig verpacken die netten Ermittler in Gläser. Er heißt »Polizeibienenhonig«, man kann ihn kaufen, er schmeckt fantastisch.

Nicht nur die deutsche Polizei, auch Roger Waters hat eine Entwicklung durchgemacht, seit er vor langer Zeit die Band verlassen hat, und dieser Weg vom Songwriter und Bandleader aus Cambridge zum Alleinherrscher über ein Imperium aus Tönen und Bildern mündet nun in eine schillernde politische Umtriebigkeit. Er widmet Kunst und Leben dem *Kampf gegen das Unrecht.* Die Konzerte sind Anklagen. In den USA sorgt sein Zorn auf Trump für Gebrüll und Handgreiflichkeiten in den Konzerthallen. Er spaltet. Mit Trump aber ist in Deutschland nichts zu spalten. Wer ist hier für Trump?

Aber da gibt es ja noch etwas anderes.

Am Ende seiner Konzerte wickelt er sich nun, so gehen die Berichte von diesen Auftritten, ein Palästinensertuch um den Hals, er ruft zum Boykott Israels auf und fordert *gleiche Rechte für unsere palästinensischen Brüder und Schwestern.* Er beschimpft die, die ihm seiner Meinung nach den Mund verbieten wollen, zum Beispiel in Berlin, wo die große Nachfrage ein ebenfalls ausverkauftes Zusatzkonzert erforderte. Hier trifft seine Wut den Antisemitismusbeauftragten der Bundesregierung, einen weithin kaum bekannten Mann namens Felix Klein, den er in einer Rede gegen Konzertende acht Minuten lang beschimpft. Es folgt »Comfortably Numb«, für

Pink-Floyd-Fans vergleichbar mit dem, was Anhänger Johann Sebastian Bachs mit der »h moll Messe« verbinden. Dann ist das Konzert zu Ende.

Ist er endlich wirklich verrückt geworden?

Israel boykottieren? In Deutschland?

Es ist nie zu spät für eine Entscheidung. Wir beginnen die Tage mit klaren Gedanken, es ist früh am Morgen, das Gehirn hat noch keine Zeit, Kompromisse zu schmieden oder Lügen zu erfinden. Am frühen Morgen des 13. Juni 2018 denke ich: Roger Waters soll mich am Arsch lecken.

Ich steige aus dem Bett und laufe ins Wohnzimmer. Ich öffne den Deckel des alten Thorens. Ich nehme die Langspielplatte aus der Hülle. Ich lege mich zu »If« auf den Boden und schaue an die Decke. Die Platte knistert. C-Dur. Gilmours sorgsame, akustische Gitarre. Das Hi-Hat von Mason. Die Orgel von Wright. Ein Drehorgellied wie aus ganz dünnem Glas, so zart, als hätten die vier jungen Männer im Sommer 1970 Angst, bei der Aufnahme etwas kaputt zu machen. Roger Waters singt:

If I were a swan, I'd be gone
If I were a train, I'd be late
And if I were a good man
I'd talk with you
More often than I do

Am Abend, als Roger Waters in der Olympiahalle spielt, sitze ich daheim auf dem Balkon. Ich zähle die Bienen. Julio Iglesias singt aus der Küche heraus, er tut es für mich und für die Bienen, ich stehe auf, tanze ein wenig und singe:

Me va, me va, me va, me va, me va
Me va la vida, me va la gente de aqui y de allá

Julio Iglesias ist ein ganz, ganz großer Künstler, und als meine Frau auf dem Balkon erscheint, sage ich: »Julio Iglesias ist ein ganz, ganz großer Künstler.« Sie schaut in den Lavendel mit den Bienen und sagt: »Natürlich.«

Zwei Tage nachdem ich sein Konzert geschwänzt habe, am 15. Juni 2018, sitze ich Roger Waters in seiner Hotelsuite gegenüber.

Es kam am Mittag dieses 15. Juni eine Mail seines Managers Mark Fenwick.

Roger befinde sich – in unruhiger Verfassung – seit zwei Tagen im Bayerischen Hof. Er werde seit einer Woche von den Oberbürgermeistern seiner Auftrittsorte in Deutschland als Antisemit bezeichnet, am Abend dann aber jeweils von Tausenden Menschen bejubelt. Wir telefonieren. Mark Fenwick sagt, Roger werde in Deutschland entweder denunziert oder gefeiert. Reden aber möge keiner mit ihm. Deutschland sei ein verstörendes, sprachloses Land. Es werde gejubelt und gepöbelt. Nicht geredet. Ausgerechnet Deutschland, das Land der Dichter und Philosophen. »Again … irritating, quite disturbing, Alexander.«

Morgen gehe es weiter nach Holland. Sieben Shows in Amsterdam.

Er fragt, ob ich um 14 Uhr im Bayerischen Hof erscheinen möge, um mit Roger »eine Tasse Tee zu trinken«. Roger würde nach dieser Woche gerne mit jemandem reden, um *im Frieden mit Deutschland* abzuschließen. Frieden? Ich sage Mark Fenwick, was ich von einem Boykott Israels halte. Dass ich das Konzert geschwänzt habe. Der Künstler sei womöglich verrückt geworden. Ich vermische dann unprofessionellerweise die Israelfrage mit meiner *persönlichen Befindlichkeit* und jammere Mark Fenwick am Telefon voll, dass es jetzt mal gut sei mit Pink Floyd, Roger und mir, ein ungesundes Verhältnis seit so vielen Jahren, er habe keine Ahnung ... Mark Fenwick lässt mich fertig jammern. Dann: »Also 14 Uhr?«

Ich schaue auf die Uhr. Es ist 12 Uhr. Noch zwei Stunden. Ich halte die Luft an. Atme. Kümmere dich.

Bin ich für den Frieden eines Mannes zuständig, der zum Boykott Israels aufruft? Soll man ihm ein Forum geben für dieses Zeug? Was ist *dieses Zeug*? Was sagt er über *die Juden*, was über Israel? Gibt man ihm ein Forum, wenn man ihm widerspricht? Ist es dann noch ein Forum? Werde ich ihm widersprechen *können*? Ist zum Beispiel mein verrostetes Englisch geeignet für einen Streit mit Roger Waters, der schon David Gilmour in den Wahnsinn geredet hat, obwohl doch Gilmours Englisch immerhin in einem Professorenhaushalt in Cambridge geschult wurde? Bin ich andererseits Journalist, um Streit aus dem Weg zu gehen? Ist es nicht eine Geschichte, dass ihm vom Münchner Oberbürgermeister in einer Pressemitteilung vor dem Konzert »antisemitische Stimmungsmache« vorgeworfen wird, ihn die Menschen in der Halle anschließend bejubeln und sie auf dem Heimweg durch den Olympiapark an den in Beton verewigten Handabdrücken von Roger Waters im »Munich Walk Of Stars« zufrieden heimlaufen? Müsste diese Betonplatte am Olympiasee vom Oberbürgermeister nicht schon lange entfernt worden sein, wenn er es ernst meint? Ist Roger Waters der klassische, hochautoritäre, linke Antisemit? Ist er gar kein Antisemit? Ist er nur *ein bisschen* Antisemit, sodass seine Handabdrücke im Olympiapark so gerade noch verbleiben dürfen?

Ich denke: Ich tue es für Deutschland. (Sogleich bin ich ganz gerührt.) Auch habe ich nun mal einen Hang zu problematischen Menschen. Jeder weiß das. Ich verachte seinen Boykottaufruf. Aber ich mag seinen hell lodernden Zorn auf das Unrecht in der Welt, ich mag auch seine Probleme mit der Schubabschaltung.

Mir wird schlecht.

Atme. Kümmere dich.

Noch eine Stunde. Ich google seine Zitate, den Friedensprozess, 1. Intifada, 2. Intifada, Hamas, BDS, ich rufe im Archiv an (»Wann haben Sie das Gespräch?« – »In 60 Minuten.« – »In 60 Minuten?«). Ich krame in den Erinnerungen an meine Israelreise … Ich steige um 13.30 Uhr aufs Rad und fahre durch die Frühsommersonne zu Roger Waters in den Bayerischen Hof.

Roger Waters bewohnt drei Tage und Nächte lang die neue, von Axel Vervoordt gestaltete und 350 Quadratmeter große Penthouse Garden Suite auf dem Dach des Bayerischen Hofs. Vervoordt hat sie nach der Lehre des Wabi-Sabi eingerichtet, alle Möbel und Farben und Gegenstände haben eine Seele, alles zusammen ergibt das erdfarbene *Zen der Dinge* Japans. (Der Kampf gegen das Establishment hat seinen Preis. Die Nacht kostet 15 000 Euro.) Ich laufe die schmale Treppe hoch, es ist ein Schacht, die letzte Etappe vom siebten Stock des Bayerischen Hofs aus. Er steht oben und blickt den Schacht hinab. Er trägt eine schwarze Jeans, ein schwarzes T-Shirt, schwarze Sneaker von Vans. Sein schwarzer Fender Precision Bass steht hochkant auf einem der Sessel. (Ich denke: O, sein schwarzer Fender Precision Bass.)

Roger Waters ist fast 75 und offenbar recht fit.

Er zischt wie ein Streichholz: »Alexander, such a pleasure.« Und dann: »You didn't come to see my show?«

Man schaut von allen vier Seiten der Penthouse Garden Suite auf München herab, die schöne Stadt, *Hauptstadt der Bewegung*. (Er sagt, er habe am Vortag eine Rose abgelegt am Grab Sophie Scholls im Perlacher Forst.) Ich nehme 70 Minuten mit dem Smartphone auf, er mit seinem, das Smartphone von Mark Fenwick liegt als drittes Smartphone auch auf dem Tisch, falls sich die anderen beiden Smartphones mal verhören sollten. Dann beende ich die Keilerei, erstens, weil ich nicht mehr kann, zweitens, weil es sonst zu viele Worte für die Druckfassung werden. Es sind jetzt schon zu viele Worte für die Druckfassung. Mir graut vor der Kürzerei. Ich stecke das Smartphone weg.

Er lächelt. Ob ich noch etwas trinken möchte?

Also schreibe ich in den folgenden mehr als zwei Stunden immer wieder Sätze mit. Ich sage ihm, ich würde diesen und jenen seiner Sätze gerne hinzufügen in der Schlussbearbeitung, allerdings natürlich auch diesen und jenen Einwand von mir.

Er sagt: »But absolutely.«

Einmal baut er sich auf und lässt den Zeigefinger herabfahren wie damals der Schuldirektor bei »The Trial« den Stock. Er ruft runter: »False, my friend!« Einmal brülle ich, er sei zu einem »gottverdammten Verschwörungstheoretiker« mutiert, es sei alles nicht zum Aushalten. Ich finde das Wort Verschwörungstheoretiker nicht auf Englisch. Verschwörungstheorie: conspiracy theory. So viel ist sogar mir klar.

Aber Verschwörungstheoretiker?

Ich stottere auf der Suche nach dem Wort. Lieb steht er auf, gießt Tee nach. Er sagt, er hole nun sein Laptop, ich möge das gesuchte Wort googeln. Er verschwindet ins Erdfarbene der Wabi-Sabi-Zimmerflucht. Ich muss pinkeln. Ich schaue mich um. Außer mir und ihm (und Mark Fenwicks mithörendes Smartphone) ist offenbar niemand hier oben. Ich stehe auf und suche die Toilette. All die Türen. Ich berühre im Vorbeigehen den schwarzen Fender Precision Bass. (Ich lege meine Hand auf den Hals des Instruments und segne es.) Ich jammere dann über seine englische Tastatur und brauche lange. Tipp. Tipp. Tipp. (Atme.) Er säuselt: »Take your time.«

Verschwoerungstheoretiker: conspiracy theorist.

Das lag nahe. Nun jammere ich, wie dumm ich sei, finde er nicht auch? Nein! Findet er gar nicht! Im Gegenteil: Intelligent! Und mutig! (Ich denke an Frau Dr. Serafini und das intensive Leuchten.) Dann ruft er: Aber ich sei ahnungslos und sehr, sehr naiv. Er zitiert Goethe und greift nach meinen Händen: »Niemand, mein Freund, ist hoffnungsloser versklavt als der, der fälschlich glaubt, frei zu sein! Von wem rede ich?«

»Von mir sicher nicht.«

»Von dir sicher nicht?«

Man kann einem Monster nicht kündigen. Es entscheidet immer das Monster, wie es weitergeht.

Wir sehen uns zur Nachbearbeitung des Streitgesprächs, erst in Amsterdam, dann ein weiteres Mal, diesmal in Kopenhagen. Ich leide in diesen Wochen immer wieder unter konkreten Träumen. Einer geht so: Roger Waters ruft an, er bittet mich, in seiner Suite zu übernachten, es sei spät, er sei einsam, die Nächte seien entsetzlich, all die Zimmer, wozu? Er insistiert am Telefon, ich möge kommen, ich könne schlafen, wo ich wolle, es gebe so viele Schlafzimmer.

Ich erwache aus dem Traum, irre durch die Wohnung.

Ich lege mich wieder ins Bett, schlafe ein und träume die Fortsetzung. (Was bin ich, Netflix?) In der Zwischenzeit bin ich offenbar schon mal zu ihm gefahren, denn im nun folgenden Anschlusstraum liege ich bereits vor seinen Füßen auf dem Boden der Wabi-Sabi-Suite und möchte mich bettfertig machen. Ich ziehe, reiße und zerre an meiner Hose herum und bekomme sie nicht ausgezogen. Die Beine stecken fest. An meinem Hosenbund klirrt an einem mächtigen Karabiner ein Bund mit vielen Schlüsseln, dessen Existenz ich mir in diesem Traum nicht erklären kann. (Kurzes Schämen andererseits schon *im* Traum über die in diesem Traum verbaute, sehr flache Symbolik.) Ich starre nach oben, unten meine verdrehten Beine. Roger Waters fährt in einer Drehbewegung von oben herab, wir befinden uns Nase an Nase.

Er ruft: »Was, mein Freund, fangen wir nur mit dir an? Schau, was aus dir geworden ist!«

Das Streitgespräch wird auf zehn Seiten im Magazin der Zeitung erscheinen. Die (für mich) lustigste Stelle ist die, wo ich ihn frage, wieso er sein Publikum heute statt mit konkreter Poesie mit konkreter Politik bombardiere. Klar sei Trump ein Schwein, aber geschenkt. Stehe das Schwein von Animals nicht für so viel mehr als für Trump, sei es nicht Kunst statt Journalismus? Er antwortet schnell, ich hätte seine Kunst »womöglich nie verstanden«. Darüber muss ich noch während des Interviews so lachen, dass mir die Tränen kommen, und irgendwann lacht er dann auch, womöglich aus Mitleid, und so lachen wir beide lange und begeistert.

In Kopenhagen hole ich das Konzert nach.

Am Ende der Show, am Übergang von »Brain Damage« zu »Eclipse«, erscheint die Pyramide am Himmel. Es ist nicht zu glauben, aber es ist wirklich wahr.

Hin und wieder schreiben wir uns.

Ich würde es gerne der Schwester erzählen, aber sie lebt nicht mehr.

2. Auflage 2025

Covergestaltung: Walter Schönauer, Berlin
Gesetzt aus der Adobe Garamond
Satz: Buch-Werkstatt GmbH, Bad Aibling
Druck und Bindung: GGP Media GmbH, Pößneck
ISBN 978-3-462-00358-1

Alexander Gorkows beste Interviews aus der legendären Reihe im *SZ Wochenende*.

Wer auch nur eines von ihnen liest, bemerkt sofort: Diese Interviews sind anders als andere – intensiver, lustiger, inniger, überraschender, offener.

Leseproben und mehr unter www.kiwi-verlag.de

KiWi

Alexander Gorkow variiert die großen Themen: Technik versus Natur, Romantik versus Abgeklärtheit. Sein Homo faber, der zum Verfechter der romantischen Liebe wird, ist kein Ritter von trauriger Gestalt, wohl aber der rührendste, lustigste und zu Herzen gehendste Verliebte der jüngsten Zeit.

Leseproben und mehr unter www.kiwi-verlag.de

Kiepenheuer & Witsch